KB185307

얼음 붕대 스타킹

얼음 뽕대 스타킹

초판　1쇄 발행 | 2014년 7월 20일
개정판 1쇄 발행 | 2025년 2월 5일
지은이 | 김하은
펴낸이 | 최윤정
만든이 | 김민령 안의진 유수진
펴낸곳 | 바람의 아이들
제조국 | 한국
구독 연령 | 11세 이상
등록 | 2003년 7월 11일(제312-2003-38호)
주소 | 서울시 종로구 필운대로 116(신교동) 신우빌딩 501호
전화 | (02) 3142-0495　　팩스 | (02) 3142-0494
이메일 | barambooks@daum.com
인스타그램 | @baramkids.kr
트위터 | @baramkids

www.barambooks.net

2014 한국문화예술위원회 아르코 문학 창작기금 수상작품

얼음 붕대 스타킹

김하은 지음

바람의아이들

차례

프롤로그   7

1. 그날   9

2. 얼어붙는 단어   22

3. 얼음 붕대   33

4. 아무거나 누구거나   41

5. 비밀 남자 친구   57

6. 반바지   70

7. 바나나 우유   81

8. 검정 스타킹   92

9. 문자   99

10. 학생증   107

11. 스위치   114

12. 맨다리   128

13. 깨진 거울   135

14. 선혜 슈퍼   145

15. 빈터   154

16. 두 사람   165

17. 고백   179

18. 매듭   192

19. 녹아내린 얼음 붕대   201

에필로그   211

작가의 말   218
작가가 하고 싶은 말   222

프롤로그

남들이 그랬다. 마른 나뭇가지에 새순이 돋았고, 사람들이 외투를 벗고 얇은 옷으로 갈아입었고, 꽃이 피었고, 따뜻한 바람이 분다고 했다. 그런데 나는 그게 무슨 뜻인지 알아듣지 못했다. 새순이 돋고 꽃이 피는 건 눈에 보였다. 하지만 바람이 따뜻하다거나 외투를 벗는 사람들을 이해할 수 없었다. 아직 바람이 차갑고 손끝이 시렸다. 스타킹을 신어도 다리가 시렸다.

"선혜야, 안 더워?"

그런 말을 들을 때마다 소름이 돋았다.

옷에 붙은 머리카락을 털어 내듯 아무렇지 않게 말들을 털어 내고 내뱉었잖아, 그 말들이 날카로운 화살로 변해 나를 찔렀거든,

화살이 닿으면 살얼음이 끼었어. 한 번, 두 번, 세 번, 수십 번, 수많은 화살들이 나를 향해 날아왔어.

추위를 이기기 위해, 살아남기 위해 두꺼운 스타킹을 신었다. 그러나 화살들은 자꾸 날아왔고 스타킹 그물코 조직 사이마다 살얼음이 끼었다. 그러면 또 그만큼 나는 얼었고 굳었다. 그래도 벗을 수 없었다. 그걸 벗으면 살이 쩍쩍 갈라지고 빨갛게 동상에 걸리고 말 테니까, 내가 감당할 수 없는 추위가 나를 먹어 버릴 테니까.

여름이 다가오고 사람들이 땀을 흘렸다. 나는 땀이 흐르지 않았다. 땀은커녕 갈수록 추웠다.

"선혜야, 안 더워?"

나는 얼음 붕대 스타킹을 신은 채 바들바들 떨었다. 사람들이 왜 더운지, 왜 나를 이상하게 보는지, 오히려 묻고 싶었다.

그날

무슨 일이 있어도 두려워하면 안 돼, 누군가 했던 말이다. 누가 했던 말인지 잊은 걸 보면 중요하지 않았거나 하찮은 말이다. 그런 데 그 말이 지닌 힘을 확인할 그날이 느닷없이 다가왔다.

이수겸이 정색을 했다. 화장실에 다녀온 박가영을 붙들고 다시 이야기를 꺼내자 가영이 표정이 굳어졌다. 동그란 눈을 커다랗게 뜨고 믿을 수 없다는 듯 입을 벌렸다. 나는 믿어야 할지 말아야 할지 망설이며 조심스레 물었다.

"정말 그랬단 말이야?"

수겸이 고개를 여러 번 끄덕이고는 목소리를 낮췄다.

"정신만 바짝 차리면 뭐든 가능하겠다 싶지? 무슨 일이든 두려워하면 안 돼.”

순간 멈칫했다. 익숙한 말이었다. 분명히 수겸이 한 말은 아니었는데, 누구였을까.

수겸은 같은 반 여학생들에게 이야기를 옮겼다. 친구들 표정이 어둡게 변했다. 거짓말하지 말라며 피식 웃거나 진짜 그런 일이 있었냐고 되묻기도 했다.

수겸이 동네에 강도가 들었다. 강도는 칼을 갖고 있었고, 혼자 사는 여자 방으로 몰래 들어와 그 여자를 덮치려 했다. 그런데 그 여자는 침착하게 강도에게 말을 걸었다. 이런저런 이야기로 한 시간 동안 시간을 끈 끝에 칼을 내려놓게 했다. 여자는 돌아가는 강도를 지켜보며 경찰을 불렀다. 그리고 곧바로 이사를 갔다.

지애가 내게 수겸이 말을 믿느냐고 물었다. 나는 어깨를 올렸다 내렸다. 어떤 일을 받아들이는 여러 가지 태도가 있는데, 지애처럼 심각하거나 가영처럼 웃어넘길 수도 있다. 그러나 나는 오랫동안 생각에 생각을 더한 끝에 결정을 내린다. 그러니 수겸이 말을 믿는다고 할 수도, 아니라고 할 수도 없었다.

하루가 다른 날처럼 휙 지나갔다. 야간자율학습을 마치자 지애가 다가왔다. 지애는 웃을 때 세로로 보조개가 생겼고, 나와 같은 고시텔에서 살았다. 첫날 고시텔에 짐을 풀고 공동 주방에 물을 뜨러 갔을 때 달걀 프라이를 두 개 부쳐 밥 위에 얹어 먹는 지애를 보았다. 아직 밥때가 멀었는데, 지애는 며칠 굶은 사람처럼 허겁지겁 먹고 있었다. 내가 눈길을 거두지 않자 지애가 손짓했다. 지애는 엄마와 같이 살았다. 아빠는 차로 세 시간 떨어진 곳에서 직장을 다녔다. 중학교 때부터 별거한 부모는 엄마가 딸을, 아빠가 아들을 나눠 맡았다. 지애는 방학 때마다 아빠 집에서 지냈다. "이게 첫 끼니야." 엄마가 딸에게 밥을 차려 주지 않을 수도 있다는 사실을 그때 처음 알았고, 허겁지겁 밥을 먹는 지애가 생목이 오를까 걱정되어 물을 조심스레 그 앞에 놓았다. 그날부터 나는 지애와 식판 친구가 되었다. 지애는 아침은 물론이거니와 급식 시간에도 식판을 들고 급식실 내 옆자리나 앞에 앉았다.

"정선혜, 오늘 생축 있는 거 알지?"

"무슨 생축?"

지애는 이럴 줄 알았다는 듯 혀를 끌끌 찼다.

"어떻게 그걸 까먹어. 다른 사람도 아니고 위층 민석 선배 생일이잖아. 오늘 3층 공동 주방에서 생축하기로 했는데! 한 달에 한 번 아래층 여학생들도 다 3층 남학생 공동 주방으로 모이는 날이잖아."

영어과 2학년 이민석, 키가 크고 흰 얼굴에 속눈썹이 긴 선배였다. 고시텔에 처음 왔을 때 아빠와 함께 짐을 들어 준 사람이었다.

"이름이 뭐니?"

"정선혜예요."

"예쁜 이름이네."

민석이 한 말은 그게 다였지만, 내 귀에는 이름뿐 아니라 모든 게 다 예쁘다고 말하는 것처럼 들렸다. 일주일 뒤 금요일, 학교에서 돌아오자 문자가 한 통 왔다. '입학을 축하한다, 선혜야. 이민석.' 그리고 노랫말 첫 부분이 찍혀 있었다. 나는 그 노래를 찾아 수십 번 들었다. 그 뒤로도 민석이라는 이름이 자주 등장했다. 같은 층에 있는 여학생들이 밥을 먹거나 휴게실에서 수다를 떨 때 그 이름이 나오면 내 얼굴이 발그스름해졌다.

"어, 나 생일 선물도 준비 못 했는데. 먼저 가."

지애가 뒤돌아서며 말했다.

"너무 늦지는 마. 야자 끝나면 뒷문이 바로 닫히잖아."

고시텔은 뒷문에서 가까웠다. 문이 열렸을 때는 괜찮지만 닫히면 20분 정도 더 걸리는 골목길을 돌아서 가야 했다. 짝인 가영이 기숙사로 돌아갈 채비를 하다 말고 내 얼굴을 보며 쿡쿡 웃었다.

"너 그 선배 좋아하는구나?"

"야, 마, 말도 안 돼."

"아니긴, 맞는 것 같은데. 잘해 봐. 이왕이면 기억에 남는 걸로 사. 참, 나 이번 토요일에 소개팅한다."

"좋겠다. 잘되면 새끼 쳐. 알았지?"

"오케이, 잘되라고 빌어 주셔."

잔뜩 들뜬 가영에게 수겸이 착 달라붙었다. 선혜에게 새끼를 칠 때 자기도 덩달아 처 달라며 눈빛을 반짝였다. 가영은 심드렁하게 "봐서." 하고 대답하며 손바닥 크기 거울로 얼굴을 살폈다.

나는 '최강외국어고등학교'라는 이름이 선명하게 붙은 교문을 지나 문구점으로 뛰었다. 어떤 선물을 해야 민석이 마음에 들지 결정하기 힘들었다. 연필과 펜, 샤프 같은 선물은 다른 사람들도 할 것 같았다. 가영이 말대로 기억에 남을 만한 선물을 하고 싶었다. 문구점을 나와 맞나 떡볶이 옆을 지나 옷 가게 앞에 섰다. 하얗고 삐쩍 마른 마네킹이 불빛을 받으며 서 있었다. 파란색과 노란색이 섞인 체크무늬 셔츠와 흰색 바지를 입었는데, 마네킹이 민석과 닮았다. 나는 주저하지 않고 그 셔츠를 샀다. 한 달 용돈을 반이나 썼지만 전혀 아깝지 않았다.

서둘러 교문을 통과해 뒷문으로 뛰었다. 철문이 굳게 닫혀 있었다. 뒷문으로 나가면 5분 걸리는 거리에 고시텔이 있다. 그러나 뒷문이 잠기면 어두운 길을 한참 돌아가야 한다. 뒷문 근처에 사는 학생들은 되도록 뒷문이 잠기기 전에 돌아가거나, 아니면 몇 명이 짝지어 다녔다. 오늘은 혼자다. 가방을 메고 한 손에 종이 가방을 든 채 잠긴 뒷문 앞에 서 있었다. 담을 넘기에는 철문이 너무 높았고 교복 치마는 폭이 좁고 짧았다. 시간을 더 끌면 민석에게 선물

할 기회를 놓친다. 기숙사 불빛이 하나 둘씩 켜지고 있었다.

이 학교에 들어오려고 면접을 준비할 때 엄마가 신신당부했다. 집에서 다녀도 된다고 말하라고, 그럼 괜찮을 거라고 했다. 그러나 막상 합격하고 나자 엄마는 말을 바꿨다. 아무래도 집까지 오가는 시간을 줄여야 공부할 시간이 더 많아질 테니 증축하고 있는 기숙사 공사가 끝날 때까지만 고시텔에 살라고 밀어붙였다. 빠르면 다음 학기, 늦으면 다음 학년이면 고시텔을 나와 기숙사로 들어갈 수 있다. 그러면 뒷문이 잠길까 걱정하지 않아도 된다.

교문을 통과해 문구점과 옷 가게를 지나 사거리까지 나왔다. 불빛이 환한 사거리를 지나고 작은 카페 앞에서 잠깐 멈췄다. 그 옆 골목으로 들어가야 하는데 혼자 다니지 말라던 고시텔 총무 목소리가 들리는 것 같았다. 두려웠다. 나도 모르게 종이 가방을 끌어안았다. 그때 민석이 떠올랐다. 셔츠를 입은 민석이 환하게 웃는 모습을 상상하자 몸이 따뜻해지면서 무서움이 가셨다. 그 힘으로 발걸음을 성큼 옮겼다.

카페 불빛이 있는 곳까지는 그래도 환했다. 카페를 뒤로 하고 걸어갈수록 벽이 거뭇하게 보였고 저만치 서 있는 가로등까지 가는 길이 천리처럼 멀었다. 고시텔까지 가는 길에는 가로등이 드문드문 있어서 아예 안쪽이 들여다보이지 않는 골목길도 많았다. 큰 골목은 또 여러 갈래로 나뉘어 또 다른 골목으로 이어진다. 굽이굽이 꺾이는 골목 한쪽에는 빈터도 있었다. 고시텔이 장사가 잘 된다는 말에 집주인이 공사를 하려고 허물었는데 갑자기 공사가 중단되어 빈터로 남은 곳이었다.

"강물 같은 노래를 품고 사는 사람은 알게 되지."

빛에서 빛으로, 어둠에서 빛으로 종종걸음을 치며 노래를 불렀다. 민석이 적어 준 노랫말이었다. 무섭고 두려움이 점점 짙어질수록 노랫소리도 커졌다. 이제 가로등 두 개만 더 지나면 고시텔이다. 종이 가방을 꼭 껴안고 더 빠르게 걸었다.

"누가 뭐래도 사람이 꽃보다 아름다워. 이 모든 외로움 이겨 낸 바로 그 사람, 누가 뭐래도 그대는 꽃보다 아름……."

갑자기 입이 막혔다. 두껍고 묵직한 손이 입을 틀어막았다. 눈앞에 남자 하나가, 등 뒤에서 또 다른 사람이 내 입을 막고 있었다.

"여, 사람이 꽃보다 아름답다고? 여, 최강외고 학생이구나. 여학생!"

다리가 부들부들 떨렸다. 무슨 일 때문에 이 남자들이 그러는지 머릿속이 복잡해졌다. 뿌리치고 싶었다. 버둥거리며 몸을 뒤틀자 내 입을 틀어막은 사내가 나를 번쩍 뒤에서 껴안았다. 소리를 낼 수도, 도망칠 수도 없었다. 나는 발을 동동거리며 사내를 찼다.

빈터에 닿았다. 그곳은 어둡고 조용했다. 빈터 끝에 자리 잡은 컨테이너가 차갑고 으스스하게 보였다. 사내는 빈터 한쪽 끝 벽으로 나를 밀었다. 그때까지 종이 가방을 꼭 끌어안고 있었는데 다른 사내가 저벅저벅 다가와 내 뺨을 후려갈겼다. 눈앞에 별처럼 하얀 빛이 번쩍였다. 뺨을 맞았다, 그것도 세게 맞았다, 평생 처음이었다. 충격으로 두 손에서 힘이 빠져나갔고 종이 가방이 떨어졌다. 이번에는 내 입을 틀어막았던 사내가 내 어깨를 더듬었다. 양 어깨에 걸쳐진 가방끈이 스르르 흘러내리더니 쿵, 가방이 떨어졌다. 뺨을 때린 사내가 내 가방을 발로 차 빈터 끝으로 보냈다.

"빨리 끝내고 교대해."

뺨을 때린 사내 입에서 술 냄새가 확 풍겼다. 토하고 싶었다. 뺨을 때린 사내는 빈터 앞, 기역자로 꺾인 담 앞에 기대 망을 보았다. 원래 있던 집을 허물 때 약간 남아 있던 담이었다.

어깨를 더듬던 손이 가슴으로 내려왔다. 그리고 재킷 속으로 쑥 들어와 가슴을 움켜쥐었다. 끔찍했다.

"여, 꽃다운 나이야, 꽃다워."

조금 전까지 내가 부르던 노래와 비슷했지만 느낌은 전혀 달랐다. 사내가 내 뺨에 자기 입을 갖다 댔다. 조금 전 뺨을 때리던 남자보다 더 참을 수 없는 냄새가 풍겼다. 술 냄새와 땀 냄새가 섞여 한여름 시궁창에서 풍기는 악취 같은 냄새가 내 코를 찔렀다. 사내가 블라우스 단추를 풀려고 더듬는 순간, 수겸이 했던 이야기들이

16

떠올랐다. 덧붙여 또 다른 말도 생각났다. "무슨 일이 있어도 두려워하면 안 돼." 누가 한 말이었든 상관없다. 두려워하지 말아야겠다, 두려워하지 말자, 그 생각만 했다.

사내가 블라우스 단추를 풀려고 두 손을 쓰는 순간, 막혔던 입이 풀렸다.

"살려 주세요."

사내가 히히히 웃고는 내 뺨을 철썩 후려갈겼다. 양쪽 뺨이 얼얼했고 입술이 터지면서 피가 입속으로 흘러들어왔다. 비릿한 피냄새가 온몸을 뒤덮는 것 같았다.

"여, 살려 주고말고. 나랑 연애하자. 죽여주게 잘해 줄게."

제대로 된 연애를 해 보지 않았지만 그게 뭔지 알고 있었다. 가슴 설레고 떨리고 온 세상이 환하게 빛나는, 그런 게 연애다. 이 사내가 말하는 연애는 달랐다. 마치 바바리맨이 옷을 훌떡 벗어 자기 하체를 여자들에게 자랑하듯 드러내는 걸 남성미라고 주장하는 것과 다를 바 없었다. 일주일 전, 수겸은 길 가던 여자를 성폭행하고 칼로 찔러 죽인 남자 이야기를 들려주었다. 그 이야기에 입을 딱 벌리며 몸을 떨었는데 그 이야기가 남 일이 아닌 내 일이 될 수도 있게 흘러가고 있다. '무슨 일이 있어도 두려워하면 안 돼.'

"술 많이 드셨나 봐요. 힘든 일 있으셨어요?"

참 어이없는 말이었다. 머릿속에는 두려워하지 말아야 한다는 생각과 수겸이 동네에 살았다던 언니처럼 말을 계속 걸어야 한다는 생각이 뒤엉켰다. 두 생각이 얽혀 머릿속을 헤집고 다녔다. 나는 생각을 가다듬어 낚싯줄처럼 말 하나를 건져 올려 뱉어야 했다. 입술이 덜덜 떨렸다.

"휴우."

사내가 부지런히 움직이던 두 손을 멈췄다.

"내가 말이다, 아무리 취직을 하려고 해도 잘 안 되더란 말이지. 오늘도 면접에서 떨어졌는데 술을 마시니까 자꾸 여자 생각이 나."

악몽이 틀림없었다. 아니다, 악몽보다 더했다. 악몽은 깨면 사라지는, 기분 나쁜 꿈일 뿐이지만 나는 악몽보다 더한 현실과 맞서고 있었다. 눈을 떴다 감아도 사내 얼굴이 가까이 있었고, 어둠 속에서 그 얼굴이 제대로 보이지 않았기 때문에 더 무서웠다.

"여자 친구는 없어요?"

질문을 하나 던질 때마다 계속 두려워하면 안 된다는 말을 생각했다.

"여, 내가 여자 친구가 있으면 걔한테 갔겠지."

사내가 내 몸에 자기 몸을 바짝 붙였다. 허벅지를 내 허벅지에 정확하게 포개듯 겹치고는 불룩하게 튀어나온 바지 앞섶을 내 치마에 비벼 댔다. 치마를 뚫고 들어올 기세였다. '살려 주세요, 이러지 마세요, 제발······.' 입 밖으로 이 말이 나올 것 같았다. 그랬다

18

가는 컨테이너로 끌려가 큰 봉변을 당할 것 같았다. 게다가 이 사내 혼자가 아니라 뺨을 때린 남자가 '교대'하자고 했다. 끔찍한 일이 한 번으로 끝나지 않는다는 뜻이었다.

"키도 크신데 아직 여자 친구가 없으세요?"

다리를 구부리고 내게 몸을 비벼 대던 사내가 온몸을 곧게 폈다. 불룩하게 솟은 성기가 내 배꼽을 찔러 댔다.

"여, 너도 그렇게 생각하니? 꽃다운 나이가 그렇다면 맞겠지."

사내가 낄낄 웃으며 자기 입술을 내 입술에 가까이 댔다. 나는 필사적으로 입술을 말았다. 축축하고 기분 나쁜 입술이 내 입가에 닿았다. 그 상태로 사내가 다시 몸을 비볐다. '두려워하면 안 돼.' 나는 뻣뻣하게 굳은 몸으로 가만히 서 있었다. 한참 그러던 사내가 얼굴을 뗐다.

"몇 살?"

"열일곱이에요."

"진짜 처녀겠군. 그렇지?"

나는 주변에 큰 돌이나 벽돌이 있는지 눈동자를 굴리며 찾았다. 찾아내서 사내를 찍고 싶었다. 그러나 빈터에는 자갈만 가득했다. 사내가 낄낄 웃었다.

"재밌을 거야. 다들 그래. 처음에는 반항하지만 나중에는 즐거워하지."

'두려워하면 안 돼.'

"누가요?"

"다들 그랬어. 빨간 영화에 나오는 년들은 다 그러거든. 안 된다
고 하다가 나중에는 꺅꺅 소리까지 질러 대지."

'두려워하면 안 돼.'

"영화 좋아하시나 봐요."

머릿속으로 떠오르는 생각과 내뱉는 말이 하늘과 땅만큼 거리가
멀었다. '두려워하면 안 돼.'

그때, 빈터 쪽으로 저벅저벅 걸어오는 발소리가 났다. 여자와
남자가 이야기를 도란도란 나누는 소리도 들렸다. '두려워하면 안
돼.' 두 사람이 주고받는 목소리가 더 가까이 왔다. 나는 모든 힘을
쥐어짰다.

"살려 주세요!"

퍽, 사내가 무릎으로 내 배를 쳤다.

"살려 주세요!"

짝, 얼굴이 휙 돌아갔다. 망을 보던 사내가 있던 자리를 떠났다.

"아무 일도 아니니 그냥 돌아가쇼."

망을 보던 사내가 무뚝뚝하게 말했다. 걸어오던 두 사람이 사내
를 스쳐 지나가려는지 발걸음이 공터에서 멀어졌다. 이번이 마지
막 기회일지 모른다. 내가 뺨을 맞고 가슴을 잡히고 입술이 터지는

동안 아무도 지나가지 않았다. 그러니 이번 기회를 놓칠 수 없다.

"제발!"

목소리가 갈라졌다. 당황한 사내가 내 어깨를 붙잡고 벽에 쿵쿵 찧어 댔다. 뒤통수가 아팠다. 그때 멀어지던 발소리가 다시 다가왔다. 망을 보던 사내가 다가온 남자 어깨를 붙잡는 게 보였다.

"그냥 가라니까."

"잠깐만요. 무슨 소리가 났잖아요."

남자가 빼꼼, 빈터로 고개를 들이밀었다. 벽에 머리를 부딪히던 나와 눈이 마주쳤다. 그 남자가 손가락을 뻗었다. 망을 보던 사내가 휘리릭 휘파람을 불었다. 사내가 내 어깨를 놓고 그 남자 쪽으로 걸어갔다. 그 순간, 나는 미친 듯이 뛰었다. 사내와 망을 보던 사내를 지나치고, 다가온 남자를 스치고, 멍하니 골목길에 서 있는 여자 옆까지 뛰었다.

"빨리 도망쳐요, 얼른!"

여자는 함께 온 남자를 걱정하는지 꼼짝도 하지 않았다. 나는 여자를 내버려두고 그대로 뛰었다. 가로등 불빛이 몇 개인지 셀 겨를도, 오늘이 무슨 날인지 생각할 겨를도 없이 무작정 뛰었다. 고시텔 2층까지 단숨에 올라가 현관문을 열자마자 그대로 쓰러졌다. 희미하게 비명 소리가 들렸다. '두려워하면 안 돼.' 그 말만 움켜잡았다.

얼어붙는 단어

낯선 목소리가 들렸다. 그뿐만 아니라 낯선 냄새까지 느껴졌다. 마음속으로는 수십 번 두려워하면 안 된다고 되뇌었고 머릿속을 그 말로 가득 채웠다. 그러나 두려움은 쉽게 떨치거나 극복할 수 있는 게 아니었다. 머릿속에서 두려움과 두려워하지 말자는 생각이 충돌했고 마침내 폭발했다. 그러자 두려움이 핏줄을 타고 머리 끝에서 발끝까지 돌아다니며 나를 집어삼켰다. 내가 누워 있는지, 걷고 있는지, 여기가 어딘지 알 수 없었다. 팔에서 시작한 소름이 온몸으로 빠르게 퍼졌고 부들거렸다. 내 몸이 내 것 같지 않았다. 낯설고 두렵고 불쾌한 떨림이었다.

저우와 서우와 하우와, 소리가 웅웅 울렸다. 이제 턱이 윗니와

탁탁 부딪혔다. 그만, 이제 그만해, 그러다 이 부러지겠어. 턱에
힘을 줘서 떨림을 멈추려 했다. 그러나 실패했다. 저우와 서우와
하우와, 또 그 소리다. 낯설고 두려운 소리. 알아들을 수 없어 두
려움은 더 커졌다. 저우와 서우와 하우와, 저우와 서우와 혜, 저우
와 선혜, 정선혜, 누군가 내 이름을 불렀다.

"정선혜 씨, 이봐요, 정선혜 씨, 내 말 들려요?"

낯선 사람이 내 이름을 어떻게 알까. 왜 내 이름을 부르지? 대
답을 하지 않자 그 사람이 나를 세게 꼬집었다. 통증이 느껴졌다.
그 통증은 떨림을 멈추게 할 만큼 강했다.

"아, 아야."

"정선혜 씨, 내 말 들려요?"

"네에."

아주 느리게 입이 열렸다.

"정선혜 씨 몇 살이지요?"

"열일곱……."

다시 입을 닫았다. 그 사내도 내 나이를 물었다. 꽃다운 나이,
처녀 어쩌구 하며 더 세게 비볐다. 그 사내와 목소리는 달랐지만
내가 아는 목소리는 아니다. 누군지 알아보고 싶었지만 눈을 뜨는
순간 맞닥뜨리게 될 사실이 두려웠다.

"병원이에요."

병원? 학교에서 나와 선물을 사고 골목을 돌아 빈터…… 그리고 고시텔…… 병원에 온 기억이 나지 않았다. 빈터로 끌려갈 때처럼 낯선 곳으로 잡혀 온 느낌이었다. 손을 꼼지락거렸다. 손끝에 뭔가 걸렸다. 얇은 담요였다. 그 담요를 잡아당겨 몸을 덮었다. 따가운 다리, 딱딱한 배, 꼬집힌 팔뚝을 덮었다. 담요가 부족했다. 더 크고 두꺼운 담요가 필요했다. 내 몸을 다 가리고 빛도 가려 담요 너머로 사라지고 싶었다. 턱이 다시 덜덜 떨렸다.

"선혜야, 괜찮아?"

지애 목소리였다. 팽팽하게 당겨진 활시위 같던 긴장감을 풀어 주는 목소리였다. 눈물이 흘렀다. 무거운 눈꺼풀을 겨우 들어올렸다. 눈물로 흐려진 시야에 흰 가운이 보였다. 그 가운을 입은 의사와 지애, 현이 언니, 총무가 보였다. 무릎이 나온 운동복 바지에 목둘레가 늘어진 셔츠를 입던 지애가 조금 달라 보였다. 하얀 꽃무늬가 있는 파란 원피스, 파란 머리띠, 틴트를 바른 입술, 특별한 차림이었다. 지애가 어디 놀러 나가나, 무슨 특별한 일이라도…… 멍하니 바라보다 지애가 빨리 돌아오라고 했던 말이 귓전을 울렸다. 그때 그 말을 들었어야 했다.

"생축은?"

"못했어. 민석 선배도 없고. 다들 3층 공동 주방에 모여 있었어. 총무님이 널 발견해서 바로 병원으로 왔어. 현이 언니가 날 불러냈고. 선혜야, 누구한테 맞았어?"

지애가 울었다. 뺨과 입술, 배가 욱신거렸고 턱이 후끈거렸다. 엉덩이와 다리가 쓰라렸고 가슴이 묵직했다.

"내가, 맞았구나. 그래, 맞았지."

"도대체 누가 그랬냐고."

지애가 한 발 내게 다가왔고 반대편에서 의사가 내 얼굴에 손을 댔다. 그 순간, 흰 가운을 입은 사람이 남자로, 그 사내로 보였다. 나는 "아아악!" 소리를 지르며 그 의사 손을 쳐 냈다. 그러자 가운을 입은 몇 명이 다가왔다.

"환자분, 얼굴에 난 상처를 치료해야 해요."

여자 목소리였다. 나는 그 사람 손을 덥석 잡았다.

"살려 주세요."

"걱정 마시고 어떻게 된 건지, 어디를 다쳤는지 말씀해 보세요."

"살려 주세요."

"환자분?"

살려 달라는 말은 아주 무겁다. 숨을 쉬고 잠을 자고 책을 보고 친구들과 이야기를 나누고 웃던 모든 일이 포함된, 슬픔과 기쁨과 절망과 희망을 모두 담고 있는 말. 여태껏 소중한지 몰랐지만 지금은 모든 단어 중에 하나만 고르라면 망설이지 않고 '살아 있다'를 고를 것이다.

간호사가 내 손을 쓰다듬었다. 마치 강아지를 쓰다듬는 듯 정다운 손길이었다. 눈물이 왈칵 쏟아졌다. 나는 그 손을 끌어당겨 내 뺨에 댔다. 따뜻했다.

"무슨 일이에요, 저한테 말씀하세요."

다 털어놓고 싶었다. 그 사내가 무슨 말을 했는지, 어떤 일이 일어났는지 다 말하고 싶었다. 하지만 두려웠다. 어느 순간 그 사내가 나를 둘러싼 사람들 틈을 비집고 들어와 냉큼 "여, 꽃다운 나이군." 하고 말할 것 같았다.

"남자 둘이 저를 빈터로…… 끌고 갔어요."

지애가 아, 하고 짧게 탄식했다. 총무는 어쩔 줄 몰라 하며 사람들 뒤로 빠졌고, 커튼이 쳐졌다. 커튼 안에는 나만 남고 커튼 밖에서 사람들이 수군거렸다. 분명히 나를 두고 하는 말일 텐데 잘 들리지 않았다. 잠시 뒤 현이 언니가 혼자 들어왔다. 총무와 늘 다투는 싸움닭 현이 언니였다.

"나 누군지 알지?"

대답 대신 고개를 끄덕였다. 작은 고갯짓에도 머리 전체가 울렸다. 뺨을 맞았는지, 목을 맞았는지, 혹은 머리를 맞았는지 헷갈렸다.

"혹시 산부인과 진료를 받아야 하니?"

무슨 말인지 빨리 알아듣지 못했다. 산부인과에서 무슨 진료를 하는지 오히려 묻고 싶었다. 내가 아는 산부인과는 임산부들이 아이를 낳기 전, 낳을 때, 낳은 다음 가는 병원이었다. 나처럼 어린 고등학생이 왜 산부인과 진료가 필요하단 말인가. 나는 아이를 갖지도 않았는데. 생각이 한 번에 이루어지지 않고 빙빙 맴돌다 한곳에 멎었다. 설마, 설마?

"나한테는 말해도 돼. 혹시 그 남자들이 너를…… 강간했니?"

현이 언니 말이 낯설었다.

"아뇨."

"알았다."

현이 언니가 나가고 간호사들과 여자 의사가 들어왔다. 조금 전 내 손을 잡아 주었던 간호사가 다시 내 손을 잡았다. 토닥이며 쓰다듬는 손길에 내 마음이 조금 누그러졌다. 또 다른 간호사가 조심스레 담요를 끌어내렸다. 나는 한사코 담요를 걷어 올렸고 그때마다 간호사가 부드럽게 나를 토닥였다. 담요가 발끝까지 내려가는 동안 실랑이가 몇 번 벌어졌고, 커튼 밖으로 나갔던 현이 언니가 들어와 괜찮다고 나를 달랬다. 커튼 안에 들어온 사람들이 내 상태를 옆 사람에게 읊었다. 스타킹, 블라우스, 치마가 찢어지고 윗옷 단추가 뜯어지고 입술이 터졌으며 양 뺨이 부풀었고 눈두덩이와 다리에 멍이 들었다고 했다.

경찰이 왔다. 그 사내 목소리가 어땠는지, 키는 얼마인지, 얼굴

27

생김새는 어땠는지, 무슨 옷을 입었는지, 또 한 사내는 어떻게 생겼는지, 특징이 뭔지, 시시콜콜히 물었다. 하나씩 들추어내고 말로 뱉자 그 상황이 눈에 보이듯 다시 펼쳐졌다. 벽돌이 없는 빈터, 가로등이 없는 골목길, 일찍 닫힌 뒷문, 생일 축하 파티, '민석에게 줄 셔츠', 셔츠……. 경찰은 불확실한 단서라 누군지 찾을 수 없을 것 같다며 혀를 끌끌 찼다.

한참이 지나서야 내 방으로 돌아왔다. 지애는 내 이불을 바로 펴 주고는 졸린 눈을 비비며 방으로 돌아갔고, 현이 언니가 내 옆에 남았다. 총무가 방문 앞까지 따라와 걱정스럽게 지켜보았다.

"엄마한테 전화 드렸어."

엄마가 보고 싶었다. 간호사나 현이 언니가 따뜻하게 감싸고 쓰다듬었지만 엄마하고 달랐다. 누구보다 나를 잘 아는 엄마가 어서 오기를, 그래서 이 이상한 일들을 정리해 주기를 바랐다.

"빈터에…… 책가방하고 종이 가방을 두고……."

목이 말라 말이 끝까지 나오지 않았다. 총무가 나가고 나는 침대에 누웠다. 책상 아래로 이어진 침대에 누우면 바로 문 옆으로 머리가 놓인다. 그리고 침대 위로 옷을 걸고 넣을 수 있는 옷장이 있었다. 드러누운 내 옆에 현이 언니가 앉았다. 가뜩이나 좁은 방이 꽉 차 보였다. 현이 언니는 "썩을 놈들, 미친 놈들, 처먹고 할일이 그렇게 없나, 그런 놈들은 그냥 다 잘라 버려야 하는데." 연신 욕을 하며 내 이불을 쓸어내렸다. 싸움닭다웠다.

현이 언니는 나보다 이틀 늦게 고시텔에 들어왔다. 총무가 고시텔 잡무를 봐 주는 대신 방값을 할인받는다는 사실을 알고 자기가 여자층 총무를 할 테니 총무더러 남자층으로 올라가는 게 어떻겠느냐고 제안했다. 총무는 작은 고시텔에 총무 역할을 할 사람이 둘이나 되는 건 말도 안 된다며 딱 잘라 거절했다. 현이 언니는 주인도 아니면서 그런 결정을 혼자 하느냐고 따졌다. 밥솥에 밥이 비면 총무한테 달려가 따지고 화장실 쓰레기통이 넘치는 것도 따졌다. 남이 주는 돈을 받으면 그 돈만큼 일을 확실하게 처리해야 한다는 게 현이 언니 신념이었다. 그에 비해 총무는 뭐든 대충 했다. 밥솥에 남은 밥을 큰 그릇에 퍼서 싱크대에 놓고 잊어버리는가 하면 쓰레기통이 넘쳐도 무시했다. 딱 하나, 고시텔 방값을 받을 때는 정확하고 신속했다.

30분쯤 지나고 문을 두드리는 소리가 났다. 총무였다.

"아무것도 없었어."

아무것도 없었다. 민석에게 줄 내 선물도, 내 마음도 사라졌다. 생일을 축하하고 싶어서 큰맘 먹고 산 셔츠였는데, 그 옷을 입은 민석을 보고 싶었는데 기회도 사라졌다. 그리고…….

나는 자리에서 벌떡 일어났다. 책가방이 없다면 그 안에 든 책과 공책, 연필, 수첩, 학생증, 학생증……. 나를 때린 사내들이 누군지 전혀 모르는데 만약 그 사내들이 가방을 가져갔다면 내 이름과 친구들 이름, 집 주소와 엄마 아빠 이름까지 알게 될 것이다. 하나도 남김없이 전부!

몸이 바들바들 떨렸다. 좁은 고시텔 방이 모두 얼음벽으로 뒤덮인 것 같았고 이불도 차가웠다. 턱이 떨리면서 윗니와 아랫니가 딱딱 부딪혔다.

"현이 여기 있을래?"

총무 목소리가 아주 멀리서 났다. 열린 문틈으로 차디찬 바람이 밀려 들어와 나를 덮쳤다. 숨을 쉴 수가 없었다.

"그러지 뭐. 선혜야, 엄마가 오실 때까지 내가 있어 줄게."

현이 언니가 나를 끌어안고 등을 쓰다듬었다. 약간 따스한 기운이 느껴지긴 했지만 그걸로는 턱없이 부족했다. 외워야 할 영어 단어가 수백 개였고, 나날이 쌓이는 일어 단어도 만만치 않았다. 그러나 히라가나 몇 개보다, 알파벳 몇 개보다 더 강력한 두 단어가 온몸을 싸늘하게 식혔다. 학생증, 수첩, 학생증, 수첩, 사내들을 벗어나기 전에는 전혀 생각하지 못한 단어들이었다.

현이 언니에게 안겨 떨고 있을 때 다시 문이 열렸다.

"뭐꼬, 어떤 놈이고?"

투박하게 앞뒤 다 자르고 말하는, 큰 목소리였다. 방음 장치가 제대로 안 된 고시텔에서 처음 듣는 큰 목소리로 엄마가 물었다.

30

그 뒤에 어정쩡하게 서 있는 아빠가 보였다. 나는 엄마한테 손을 뻗었다. 커다란 엄마 젖가슴에 얼굴을 묻고 펑펑 눈물을 쏟았다. 너무 무서웠다, 소름끼쳤다, 끔찍했다, 하소연하고 싶었다.

옆방 선배가 벽을 주먹으로 쾅 쳤다. 조용히 해라, 시끄럽다, 무슨 일인지 모르지만 정신 사납다, 이런 뜻이었다.

아빠는 아무 말 없이 책상에 있는 짐을 종이 가방에 넣기 시작했다. 그러자 나를 품에 안은 엄마가 낮은 목소리로 쏘아붙였다.

"지금 뭐 합니까, 짐은 와 싸는 기라예?"

"집에 가야지."

"집? 집에 와 갑니까, 하루를 쉬면 그 하루만큼 뒤처지는 거 몰라 이랍니까. 야는 공부만 해야 하는 아이라예."

아빠가 종이 가방을 거칠게 바닥에 내려놓았다. 쾅쾅, 옆방에서 벽을 쳤다. 아빠도 목소리를 낮췄다.

"애가 이 지경인데 지금 학교 소리가 나와?"

아빠는 커다란 짐 가방을 꺼내 옷장에 있는 옷들을 닥치는 대로 쓸어 담았다. 그때까지 나를 안고 있던 엄마가 내게서 떨어졌다. 그러고는 아빠가 든 가방을 낚아챘다.

"우째 들어간 학꼰지 몰라서 이캅니까? 죽을 병에 걸린 것도 아니라꼬요."

현이 언니가 벌떡 일어났다.

"어머니, 집에서 며칠 쉬는 게 낫지 않을까요?"

엄마가 눈을 세모꼴로 뜨고 현이 언니를 노려보았다.

"뉘신지 모르겠는데 남 집안일에 상관 마소. 그리고 야는 아무일도 없었다 아입니까. 마 하루쯤 그 뭐꼬, 체험학습 신청서 내고 쉬면 충분합니대이."

엄마, 그러지 마, 정말 힘들어, 입이 떨어지지 않았다. 체험학습 신청서를 내고 하루를 쉰다는 엄마 계획이 치밀하고 날카로웠다. 엄마는 나를 알아줄 거라 생각했다. 그러나 엄마 계획에 내가 며칠 쉬는 건 아예 포함되지 않았다.

"총무하고 아가씨하고, 야 친구하고만 입 다물면 아무 일도 없을 끼라예. 그리 해 주이소. 여기도 장사하는 집인데 소문 나가 좋을 껀 없다 아입니까."

아빠는 끙 앓는 소리를 내며 가방을 내려놓았다. 현이 언니가 그러시면 안 된다고 엄마를 말리는 소리가 다른 세상에서 나는 소리처럼 들렸다. 아빠도 엄마한테 그러는 거 아니라고 한마디 했다가 어려운 학교에 집어넣은 건 이런저런 어려움도 다 겪으라는 뜻이었다는 엄마 말에 입을 다물었다.

잠이 쏟아졌다. 차갑고 무거운, 얼어붙는 잠이었다.

얼음 붕대

고시텔에 사는 학생들은 공동 주방에서 함께 아침밥을 먹었다. 엄마가 이 고시텔에 내 방을 정한 까닭은 학교에서 가깝다는 이유도 있었지만, 끼니 걱정을 하지 않아도 된다는 이유도 컸다. 정문에서 가까운 곳에 있는 세 군데 고시텔에는 밥과 김치만 나오는 곳, 밥만 있는 곳, 아예 아무것도 없는 곳으로 불렸다. 이 고시텔은 네 번째였지만 아침밥을 제대로 먹을 수 있다는 장점 때문에 가장 비쌌다.

아침 시간에 공동 주방에 모인 학생들은 대부분 교복이나 블라우스, 잠옷 차림이었는데 현이 언니 혼자 청바지에 티셔츠를 입고 밥을 먹었다. 언니는 취업 고시를 준비하는 자기와 로스쿨 입학 준비를 하는 총무만 이 고시텔에 걸맞은 사람이라고 했다.

아침마다 달걀을 한 개씩 먹을 수 있었는데 현이 언니는 달걀을 먹지 않았다. "달걀 프라이 안 드세요?" 지애가 말을 걸자 언니는 자기 몫까지 다 먹으라며 지애에게 달걀을 내밀었다. 지애는 달걀 세 개를 부쳐 두 개는 자기 밥 위에, 또 하나는 내 밥 위에 얹었다. 그 뒤로도 지애는 달걀 프라이로 현이 언니에게 장난을 걸었고 언니는 늘 거절했다. 그러면 지애는 남는 달걀을 꼭 자기 밥 위에 놓았다. "언니 안 먹는다는데 왜 그래?" 하고 물어보면 지애는 "재밌잖아." 하고 대답했다.

처음으로 공동 주방에서 아침밥을 먹지 않았다. 그리고 결석을 했다. 그것도 초등학교에 입학한 뒤로 처음이었다.

엄마는 떨어진 윗옷 단추를 달고 찢어진 스타킹을 아무렇지 않게 버렸다. 그리고 블라우스와 치마를 사러 교복 가게에 가서 한바탕 큰소리를 쳤다고 했다.

"썩을 것들, 세트 아니면 안 판다꼬? 불가피한 상황이 생기거나 옷이 상할 수도 있다 아이가. 근데 뭣이 어쩌고 저째? 그 사이즈 옷은 인기 사이즈라 없다꼬? 애초에 손바닥만 한 치마 한 장을 비싸게 받아 처먹는다 싶드만 기어이 내 기를 채운다, 채워. 싸가지 없는 것들."

블라우스는 구했지만 치마는 한 사이즈 큰 것으로 샀고, 내일 입을 수 있게 수선을 맡겼다며 투덜거렸다. 아빠한테 가게를 맡기면 슈퍼에 큰일이 난다며 내내 불안해하는 엄마에게 현이 언니가 손을 내밀었다. 엄마는 흔쾌히 수선증을 언니에게 맡기고 오전 시간 장사를 공쳤으니 오후 장사라도 메워야 한다며 집으로 돌아갔다. 아빠가 오늘 하루는 내 옆에 있으라고 했지만 엄마는 단호하게 거절했다. 다 큰 애고 겨우 얼굴 몇 대 맞은 것뿐이니 오늘 하루만 쉬면 다 괜찮을 거라 했다. "내가 하루 쉬면 매상이 얼마나 떨어지는지 몰라예?" 퉁명스러운 엄마 말투에 아빠는 입도 벙긋 못했다. 엄마가 잠깐 자리를 비우면 아빠는 계산대에만 앉아 있었다. 누군가 초코바 다섯 개를 주머니에 집어넣고 껌 값만 계산해도 몰랐다. 엄마는 달랐다. 엄마가 가게에 있는 시간에 허튼 짓을 하는 사람은 대번에 걸렸다. 엄마는 나보다 가게가 더 소중한 사람이었다. 그걸 잊고 있었다.

지애가 등교하기 전에 잠깐 얼굴을 들이밀었고, 아무도 내 방으로 들어오지 않았다. 총무가 방 밖에서 잠깐 서성거렸지만 방문이 열리진 않았다. 혼자 남은 나는 침대에 누워 있었다. 학교에 있을 때는 시간이 잘도 흐르더니 고시텔 침대에서는 시간마저 얼어붙은 듯 천천히 흘렀다. 자다 깨고 자다 깨도 여전히 조용했다.

"자니?"

방문 너머로 현이 언니가 물었다.

"네."

"뺑 좀 그만 쳐. 자는 사람이 어떻게 대답을 하냐. 치마 찾아왔어. 들어간다."

문이 열렸다. 언니 눈이 푸석푸석 부어 있었다. 잠을 설치거나 운 것 같았다. 지애가 오늘 아침에도 달걀 프라이를 드시겠냐고 물어보았을까 궁금했다. 두 개를 부쳤으면 한 개가 남았을 텐데 지애가 두 개를 다 먹었을까, 아니면 한 개만 부쳤을까.

"점심때가 지났는데 뭘 먹었니?"

시간이 흐르고 있다. 멈춰 있는 것 같은 시간이 흐르고 있다. 엄마도 아빠도 지애와 다른 친구들도 모두 바쁘고 나만 한가했다. 같이 밥을 먹고 수업을 받을 때처럼 시간도 같이 흐르게 하고 싶었다. 함께하지 못한다는 사실이 미치도록 외로웠다.

현이 언니는 책상 위에 놓인 즉석밥과 즉석국, 침대에 누운 내 얼굴을 번갈아 보았다.

"잠깐 기다려."

문이 닫히고 언니가 공동 주방으로 걸어가는 발소리가 사뿐사뿐 들렸다. 고시텔에 있으면 발소리만으로 누군지 알아맞힐 수 있다. 총무는 보폭이 커서 왼발과 오른발을 내딛는 소리가 드문드문 들렸다. 지애는 뒤꿈치로 내리찍으며 걸어서 쿵쿵 소리가 났다. 2학년 설아 선배는 미끄러지듯 쓰윽쓰윽 걸었다. 지금은 고요했다. 아

36

주 조용했다.

잠깐 쪽잠이 들었는가 싶더니 사뿐거리는 발소리가 다시 났다. 그리고 문이 열렸다. 고소한 냄새가 코를 간질였다. 현이 언니가 쟁반을 들고 들어왔다. 책상에 쟁반을 놓고 내 어깨를 잡아 일으켰다. 쟁반에 흰죽과 달걀 프라이가 놓여 있었다. 지애가 내 밥그릇에 놓던 너덜너덜한 달걀 프라이가 아니라 노른자가 선명하게 가운데 놓이고 흰자가 깨끗하게 굽힌 반숙이었다. 현이 언니는 내 손에 숟가락을 쥐어 주고 쟁반을 무릎에 놓았다.

"목이 칼칼할 거야. 밥보다 이게 나을 거다."

그 전까지 배고프지 않았는데, 고소한 흰죽 냄새와 그 위에 살짝 뿌린 참기름 냄새를 맡자 배가 꿀렁거렸다. 한 숟가락을 입에 떠서 흘려 넣자 잘 퍼진 밥알이 입안을 따뜻하게 데웠다. 찢어진 입가가 욱신거리고 쑤셨지만 숟가락을 멈출 수 없었다. 숟가락을 뜨는 속도가 점점 빨라졌고 금세 죽 한 사발을 비웠다. 달걀 프라이까지 남김없이 먹어 치웠다. 현이 언니는 쟁반을 다시 책상에 올려놓고 내 등을 쓸어내렸다.

현이 언니가 말없이 쟁반을 들고 나갔다. 다시 혼자 남았다. 배가 부르고 졸음이 쏟아졌다.

창식이가 선혜슈퍼 앞 평상에 앉아 있었다. 눈가에 시퍼렇게 멍이 들고 한쪽 입술이 찢어졌는데, 성한 입술 쪽으로 빨대를 대고 바나나 우유를 마셨다.

　창식이 엄마는 동네에서 소문난 정보 수집가였다. 어떤 학원이 좋고 어떤 선생님 실력이 뛰어난지, 어떻게 공부해야 성적이 오르는지, 어느 학교에 들어가야 좋은 대학을 갈 수 있는지 빠삭하게 꿰고 있었다. 아마 창식이 엄마가 알고 있는 정보만 묶어도 족히 책 두 권은 나올 거라고 엄마가 감탄할 정도였다. 엄마는 창식이 엄마가 슈퍼에 들러 온갖 정보를 흘려 주는 걸 잘 받아 적었다가 그대로 실천했다. 창식이와 같은 학원을 다니고 같은 선생님에게 배우는 동안 내 성적은 쑥쑥 올랐지만 창식이 성적은 그대로였다. 중학교 3학년 때, 창식이 엄마는 더 이상 슈퍼에 오지 않았다. 그동안 넘쳤던 정보가 뚝 끊기자 엄마는 초조해했다. 엄마는 창식이 엄마 대신 학원 선생님을 졸랐다. 학원 선생님이 슈퍼에 들르면 값을 깎아 주고 덤을 얹어 주며 좋은 정보를 캐내려 애썼다. 창식은 제 엄마가 발길을 끊은 슈퍼에 매일 들러 우유를 샀다.

　평상에 앉아 빨대로 우유를 빨던 창식이 나를 빤히 쳐다보았다. 멍든 눈가 때문에 눈 전체가 파랗게 보였다.

　"그게 맛있냐?"

　다른 음료수는 전혀 거들떠보지 않은 채 똑같은 우유를 마시는 창식이 답답해 보였다. 그러나 창식은 씩 웃으며 빨대를 더 깊이 꽂고 쪼옥 소리가 날 때까지 마셨다. 그러고는 빈 우유 통을 두 걸음 떨어진 휴지통에 정확하게 던져 넣었다.

"있잖아, 내가 잘못해서 맞은 게 아니야. 길 가다가 넘어졌어."

창식이 묻지도 않은 말을 술술 내뱉었다.

"누가 뭐래? 그게 맛있냐고 물었지."

창식이 우유를 또 마셨다. 늘 하나씩 마셨는데 두 개라니 좀 이상했다.

"그래도 난 두려워하지 않았어."

"야, 넘어졌다며!"

"그러니까. 너도 두려워하지 마."

창식이 웃었다. 그 웃음소리가 지이잉 흔들렸다. 가만, 두려워하지 말라는 말을 한 게 창식이었어? 갑자기 왜 이 생각이 선명하게 떠오르는 걸까.

눈을 번쩍 떴다. 꿈이었다. 머리맡에 놓아 둔 전화기가 지이잉 진동으로 울리고 있었다. 엄마였다.

"내일 학교 늦지 말고 가그라. 니는 체험학습 간 기다. 담임한테 말해 뒀으니까 니가 체험학습 신청서 잘 꾸며서 내라. 알긋나?"

"……."

"그라고 선혜야, 듣고 있나?"

"응."

"니는 아무 일도 없었다. 알긋나?"

39

통화가 끝났다. 엄마가 한 마지막 말이 전화기를 통해 흘러나와 얼음처럼 차가운 붕대로 변해 내 몸을 감았다. 침대가 얼음장 같았다. 얇은 이불로 몸을 둘둘 말아 한기를 피하려 했지만 소용없었다. 추위가 살갗을 뚫고 나와 이불까지 얼린 것 같았다. 흰죽을 먹었던 입이 마지막까지 따뜻함을 간직하고 있다가 그마저 차갑게 식었다. 소름 끼치도록 추웠다.

아무거나 누구거나

한 달이 지났다.

결석한 다음 날, 현이 언니가 화장으로 멍을 감춰 줬다. 분내를 물씬 풍기며 등교했지만 친구들은 좋은 데 놀러 갔다 왔냐고 물었다. 어정쩡하게 웃으며 "그냥"이라고 대답했고 체험학습 보고서도 대충 써서 냈다. 담임 선생님은 다음부터 이렇게 바투 신청하면 안 된다, 이번 한 번만 봐주는 거다, 생색을 냈고 나는 그러겠다고 건성으로 대답했다. 나는 일상으로 빨리 돌아가고 싶었다. 친구들과 수다 떨고 깔깔 웃으며 살아 있고 싶었다. 멍은 3주 만에 사라졌다. 그동안 내내 분내를 풍겼고 현이 언니는 서둘러 화장을 해 주고는 아침 알바를 하러 나갔다. 처음에는 모래알처럼 알알이 돌아

41

다니던 밥도 차지게 씹혔고 친구들과 농담을 주고받았으며 야간자율학습을 마치고 고시텔로 돌아왔다. 그사이 중간고사를 보았고 재킷을 벗고 치마와 블라우스, 조끼를 입고 등교했다. 시곗바늘이 다시 빠르게 움직였다.

가영은 부쩍 거울을 자주 들여다보았다. 자기 얼굴만 한 큰 거울이었는데, 어느날 수학 선생님이 휴대폰으로 사진을 찍어 가영에게 내밀었다. 거울 뒷면에 있는 고양이 그림이 가영이 얼굴을 다 가려, 내 옆에 고양이가 앉아 있는 듯했다.

"내가 박가영이랑 수업을 하는지, 고양이랑 하는지 모르겠구나. 부탁인데, 내 수업 시간에는 그 거울 좀 내려 줄래?"

가영은 샐쭉하게 거울을 내렸지만 선생님이 뒤돌아서면 다시 거울을 슬쩍 꺼냈다. 가영이 별명은 거울공주였다. 밥을 먹을 때도, 밥을 먹고 나서도, 쉬는 시간에도 늘 거울을 들고 다녔다. 갸름한 얼굴에 동그란 눈이 까무잡잡한 피부를 돋보이게 했다. 가영이 거울을 들여다볼 때 가끔 내 얼굴까지 비춰질 때가 있었다. 늘 웃는 가영이 얼굴 뒤로 딱딱하게 굳은 내 얼굴이 보였다. 괜찮을 거야, 나아질 거야, 곧 가영처럼 웃을 수 있을 거야, 언젠가는 꼭 그럴 거야. 나는 잠깐 비친 내 얼굴에 놀라며 바로 앉았다.

엄마는 늘 노력하면 뭐든 할 수 있다고 했다. 꼬마 때부터 수십, 수백 번을 들었던 말이었다. 그러나 어떤 일은 아무리 용을 써도 잘 안 풀린다. 그날부터 조금씩 모든 일이 틀어지기 시작했다. 시험공부를 하는 내내 집중할 수 없었다. 해가 지면 신경이 날카로워졌고, 멍하니 야자를 하고, 끝나기 전부터 가방을 싸서 지애를 기다렸다. 조금이라도 지애가 미적거리면 불같이 화를 냈다. 처음에는 지애가 미안하다고 했지만 시험이 다가오자 더 이상 나하고 같이 고시텔로 돌아가려 하지 않았다. 나는 일 분이라도 빨리 돌아가고 싶어서 끝나는 종이 울리면 후다닥 교실을 뛰쳐나가 운동장을 가로질렀다. 고시텔까지 가는 몇 분 동안 숨을 제대로 쉬지 않고 뛰었다. 좁아터진 내 방에 들어서면 또 숨이 막혔다. 일주일 중 단하루, 금요일만 숨을 제대로 쉴 수 있었다. 바로 금요일마다 민석이 보내는 문자 때문이었다. 문자 내용은 단순했고 감정이 실려 있지 않았다. 그래도 좋았다. 나는 충전 중이라 뜨끈한 휴대폰을 껴안고 잠을 청했다.

중간고사 성적표가 나왔다. 인쇄된 종이를 가느다랗게 잘라, 꼬리처럼 가느다란 꼬리표였다. 내 이름 옆으로 적힌 과목별 점수를 보자 한숨이 나왔다.

하느라 했는데 중간에 머물렀다. 특히 영어 성적은 끔찍했다. 한 번도 받아 보지 못한 점수였다. '영어 청해'는 더했다. 듣기로 평가하는 영어 청해 과목은 처음부터 어려웠다. 일어과 학생들 반이상이 외국에서 몇 년 살다 온 애들이었다. 중학교 때 영어는 잘

한다고 칭찬받았는데, 지금은 다른 친구들과 비교하면 기본에 불과했다. 다른 과목도 마찬가지였다. 수학은 첫 수업부터 삐걱거렸다. 선생님은 이미 다 풀어 본 문제일 거라며 설명을 생략하거나 교과서에 있는 문제보다 훨씬 어려운 문제를 냈다. 내가 끙끙거리며 한 문제를 풀면 가영은 두 문제를 풀었다. "니는 아무것도 생각하지 말고 공부만 하그라, 알긋나?" 시험을 앞두고 집에 가는 대신 전화 통화만 했는데, 그때마다 엄마가 다짐에 다짐을 더했다. 엄마는 내가 공부만 하길 바라는 것 같았다. 나도 그러고 싶었다. 하지만 어떤 일은 마음을 다잡으려 해도 안 되는 듯했다.

가영이 머리를 책상에 콩콩 찧었다. 저러다 멍들겠어, 멍……. 나는 치맛단을 손으로 쓸어내렸다. 처음 살 때부터 교복 치마는 무릎 위로 올라오는, 짧은 길이었다. 너무 짧다며 엄마가 투덜거리자 매장 직원은 해사하게 웃으며 "요즘 촌스럽게 누가 길게 입어요? 애들한테 놀림 받아요, 어머니." 하며 재빠르게 봉투에 옷을 담았다. 창식이 엄마가 엄마에게 촌스럽게 입고 다니지 말라고 해도 엄마는 콧방귀를 뀌었다. 창식이 엄마처럼 입으려면 껌을 몇 통 팔아야 하는지 아느냐, 옷이란 그저 가릴 데 가리고 예의에 어긋나지 않게 입으면 그만이다, 딱 잘라 말했다. 그런데 누가 나에게 촌스럽게 입고 다닌다고 하면 껌을 박스째 팔아도 모자를 돈을 퍼부어 옷을 사 입혔다. 엄마에게는 본전과 남는 돈이 기준이었고, 그

기준을 벗어나 마음껏 써도 아깝지 않은 건 나에게 쓸 때뿐이었다. 내가 남들 눈에 촌스럽게 보이지 않고 똑똑한 아이로 자라 훌륭한 사람이 되는 것, 엄마는 그 목표를 위해 오이를 포장하고 초코바 절도범들을 잡았다.

"니는 우리 집 희망이니까 아무 걱정 말고 공부만 하그라. 알긋나?"

초등학교 때는 고개를 끄덕였고, 중학교 때는 입술을 비쭉 내밀었다. 자신이 아닌 다른 사람에게 희망이라니, 엄마한테 그 말을 들을 때마다 어깨 위에 바윗돌이 하나씩 얹어지는 것 같았다. 지금은 그 바윗돌이 어깨와 머리, 가슴과 등짝을 내리누르고 있다. 얼마 전부터는 엄마가 얹은 바윗돌들보다 더 큰 얼음덩어리가 가슴에 앉았다. 평범하게 살고 싶은 욕망, 정말 아무 일도 없었던 것처럼 살고 싶은 욕망이 간절했지만 그렇게 할 수 없어 미칠 것 같았다. 시간이 지나도 두려움은 사라지지 않았다. 누군가 그날 일을 떠올리는 단어를 살짝 흘리기만 해도 온몸이 뻣뻣해졌다. 그래도 매일매일 노력했다. 정말 별일 아니라고, 그러니 나는 예전처럼 잘 살 수 있을 거라고 믿고 싶었다. 그러고 싶었다.

멍하니 생각에 잠겨 있다 정신을 차려 보니 가영이 아직도 머리를 책상에 찧고 있었다. 가영이 부모는 중학교 때 이혼했다. 이혼한 지 한 달 만에 '그 여자'와 아빠가 재혼했다. 가영은 그 여자와 사는 게 끔찍하게 싫었고 아빠에게 배신감을 느꼈다. 어떻게든 집을 빠져나오려고 죽을힘을 다해 이 학교에 들어왔다.

"울 대디가 난리치겠어. 일어 성적이 완전 꽝이야, 꽝. 그 여자는 또 얼마나 고소해할까. 이건…… 사형 선고야."

가영이 머리가 또 책상에 쿵쿵 부딪혔다.

"야, 일어 성적 갖고 뭘 그래. 나는 제대로 말아먹었어. 설렁탕에 밥 한 숟가락밖에 안 들어갔다니까."

설렁탕에 밥 한 그릇은 들어가야 든든한데, 겨우 한 숟갈 들어간 설렁탕은 국물 맛이 밍밍하고 배도 차지 않는다. 내 성적이 그랬다.

머리 찧기를 멈춘 가영이 손거울을 꺼내 이마를 비추었다. 가영이 든 거울에 반사된 햇빛이 내 눈을 찔렀다. 정신 차리라고, 멍하게 있지 말라고 꾸짖는 듯 따끔한 빛이었다. 요즈음 가영은 부쩍 거울을 자주 들여다보았다. 예전에 쓰던 손바닥 크기 거울 대신 자기 얼굴을 가릴 정도로 큰 거울이었다.

"그 여자가 깔깔 웃겠다. 거봐라, 잘난 체하더니 결국 이 꼴이냐 하겠다, 그치?"

"야, 박가영. 너는 일어 성적만 떨어졌잖아. 나보다 훨씬 성적이 좋으면서 뭘 그래."

손거울로 자기 얼굴을 비추던 가영이 내 앞으로 거울을 들이밀

46

었다. 눈을 동그랗게 뜬 내 모습이 비춰졌다. 볼살이 홀쭉하게 빠지고 눈이 퀭하게 들어가 내가 보기에도 상태가 썩 좋지 않았다. 나는 손으로 거울을 밀었다.

"이 몰골을 하고서 말아먹었다면 누가 믿겠냐?"

"진짜야."

"뻥치지 마."

가영은 내 말을 믿지 않았다. 가영이 받은 꼬리표가 사형선고라면 나는 그야말로 죽은 목숨이었다. 나를 희망으로 알고 있는 엄마한테 내가 더 이상 희망이 될 수 없다는 사실을 알려야 한다니, 이보다 잔인한 일이 또 있을까.

꼬리표를 구겨서 가방 앞주머니에 쑤셔 넣었다. 며칠 뒤에 정식 성적표가 나올 테고 다음 주말에 엄마에게 혼날 일만 남았다.

"우리 고니가 말이야, 나를 끝까지 지켜 주겠대. 멋지지?"

가영이 거울을 더 들여다보는 이유 중에 하나가 바로 임성곤 때문이었다. 임성곤은 가영이 소개팅에서 만난 남자 친구로 다른 학교 학생이었다. 가영과 성곤은 카톡으로 이야기했는데, 가영은 아침마다 둘이 나눈 카톡을 내게 자랑하며 하루를 시작했다. 성곤이 가영이를 '가잉'이라 부르고, 가영이 성곤을 '고니'라고 부르는 것도 그렇게 알았다.

가영이 한 말을 곱씹었다. 끝까지 지킨다……. 그날 나를 구해

47

준 남자가 떠올랐다. 그 남자는 여자 친구랑 같이 골목길을 지나다 나를 구해 주었다. 주먹을 쓴 것도 아니고 소리를 지른 것도 아니고 단지 어두운 곳을 들여다보았을 뿐이다. 아마 그 남자라면 여자 친구를 끝까지 지켜 줄 수 있을지 모른다. 그렇지만 가영이 믿는 성곤이 나를 괴롭힌 그 사내들 같다면, 만약 그렇다면, 가영은 성곤과 끝까지 갈 수 있을까. 그 끝이라는 게 어떤 의미일까. 나는 가영이 부러웠다. 남자와 여자가 만나서 사랑하는 일, 그런 일을 일상처럼 하고 싶었다. 그러면 나를 감싼 두려움이 사라질 것 같았다.

"너 소개팅 할래?"

가영은 기습공격에 강했다. 내키는 대로 일단 질렀다. 상대방이 어떻게 생각하는지 따지고 재는 건 가영이 방식이 아니었다.

"뭐, 소개팅?"

"우리 고니 친구 중에 괜찮은 애가 있어. 기분 전환도 할 겸. 할래?"

봄바람처럼 기분 좋은 설렘이 일었다. 가영이 성곤이 이야기를 꺼낼 때마다 부러움이 일렁였다. 책에 얼굴을 파묻고 지내는 반 친구들 말고, 일주일에 한 번씩 문자로만 만나는 민석 말고, 필요한 일 이외에는 말을 걸지 않는 총무 말고, 다른 남자를 만난다!

"그래."

아무렇지 않은 듯, 최대한 감정을 억누르려 했다. 그러나 가영이 큭큭 웃으며 나를 빤히 보았다.

"네 얼굴 빨개졌다. 그럼 내일은 집에 가지 마. 아침 일곱 시까지 구립도서관으로 와."

"구립도서관?"

내가 아는 소개팅은 빵집이나 카페에서 서로 만나는 것인데 도서관이라니, 특이했다.

"만나고 마음에 들면 옆자리에서, 아니면 떨어져서 공부해. 우리도 그러거든. 외워야 할 건 많은데 보고 싶고, 그럼 이 방법이 딱이야."

가영은 성적이 떨어졌다며 징징댔던 건 잊어버리고 금세 임성곤을 만날 생각에 부풀어 히죽댔다. 그날 저녁에 또 문자를 받았다. 소개팅에 민석이 보낸 문자까지, 사는 게 매일 이렇다면 얼마나 좋을까, 나도 행복하게 살 수 있다, 정말 그럴 수 있다. 꿈에 부풀어 모처럼 달게 잠들었다.

토요일 아침, 가영은 짧은 바지와 팔부 소매 티를 입고 도서관 계단에 서 있었다. 나는 헐렁한 청바지에 긴소매 티셔츠를 입고 있었다.

"뭐야, 좀 발랄하게 입고 오지!"

"갖다 놓은 옷이 별로 없어."

가영이 내 어깨에 팔을 둘렀다. 시립도서관 계단을 열다섯 개 오르자 정문이 나타났다. 정문 왼쪽 아래로 나선형 계단이 있었는데, 그 계단을 내려가면 하늘정원이 나타났다. 반지하에 벤치를 몇 개 두고 가운데 나무를 심었고, 하늘이 보이게 뻥 뚫려 있는 곳이었다. 말이 하늘정원이지 사실상 반지하 정원에 가까웠다.

하늘정원 벤치에 두 남학생이 앉아 있었다. 둘 중 하나는 임성곤이고 또 한 사람은 내가 만날 사람이었다.

"이쪽이 임성곤, 맞죠?"

오른쪽에 앉은 남학생을 손으로 가리켰다. 임성곤은 깜짝 놀란 듯 같이 앉은 남학생 쪽으로 고개를 돌렸다.

"가영이랑 커플티라서 알아봤어요."

가영이가 입으로 손을 가리며 호호 웃었다.

"어머어머, 센스쟁이. 얘가 이렇다니까. 인사해. 내 짝 정선혜야. 그리고 이쪽은 전지훈."

전지훈이 고개를 꾸벅 숙였다. 제법 긴 앞머리가 눈을 반쯤 가리고 있었다. 키는 나와 비슷했고 잘 웃었다.

가영이와 임성곤이 자리를 잡으러 간 사이에 지훈과 나는 벤치에 나란히 앉았다. 바람이 별로 불지 않는 데다 푹 꺼진 하늘정원은 답답했다.

"안 더워?"

다짜고짜 반말이었다. 서로 아는 거라고는 이름과 학교뿐인데 몇 년 알고 지낸 사이처럼 말을 툭 놓았다. 싫지 않았다. 동그란 뿔테 안경 너머로 보이는 눈이 장난기로 가득했다. 지훈이 하늘정원 구석에 놓인 자판기에서 비타민 음료 두 개를 뽑아 하나를 내게 주었다.

핑크색 비타민 음료였다. 새콤하면서 달콤한 물이 목을 넘어갔다. 답답함이 조금 가셨다. 나는 별로 할 이야기가 없었다. 무슨 말을 어떻게 꺼내야 하는지 감이 오지 않았다.

음료수 한 병을 다 마신 뒤, 지훈이 도서관을 안내하겠다고 했다. 집이 도서관과 가까워서 초등학교 때부터 자주 왔다고 했다. 내가 중학교 때까지 다니던 도서관과 달리 전자열람실도 컸고 층마다 쉬는 장소도 따로 마련되어 있었다. 이 도서관 근처에 중학교 세 곳, 고등학교 두 곳이 있었다. 조금만 늦게 도착하면 대기번호를 받아 누군가 일어날 때까지 기다려야 할 형편이었다. 중간고사를 앞두고 열람실을 차지한 학생들이 많았을 때, 지훈은 세 시간 동안 대기의자에 앉아 있었는데 그 시간 동안 영어 단어를 다 외웠다고 했다.

"1층 열람실 옆에는 '아무거나'도 있어."

"아무거나? 그게 뭐야?"

"그걸 누르면 진짜 아무거나 나와. 랜덤이지. 비싼 게 나올 때도

51

있고 그 값대로 나올 때도 있어. 이따가 해 보자."

지훈은 어떤 게 나오더라도 괜찮다고 했다. 비싼 게 나오면 행운이고 제값이 나와도 손해 본 건 아니라고. 느긋하고 조용한 그애 말투는 듣는 사람을 편안하게 하는 힘이 있었다.

"그래, 알았어. 대신 그땐 내가 쏜다."

열람실에 나란히 앉았다. 처음에는 불편했다. 친한 사이도 아니고 그렇다고 아주 모르는 사이도 아닌, 애매한 사이라서 더 그랬다. 여섯 명이 같이 앉는 큰 책상에 앉아 지훈이 꺼낸 책과 내 책이 닿지 않도록 적당하게 거리를 두었다.

소개팅한 사람이 마음에 들면 같이 밥을 먹고 차를 마시고 영화도 본다고 들었다. 그런데 나는 도서관에 자판기가 몇 개고, 어떤 자판기에 '아무거나'가 있고, 열람실에서 가장 좋은 자리가 어디인지, 처음 가는 도서관에 대한 정보만 잔뜩 들었다. 소개팅을 한 건지, 도서관 안내 도우미를 만난 건지 헷갈렸다. 지훈은 책을 펴더니 곧장 그 속으로 빠져들었다. 나는 영어와 일어 단어장을 꺼내지 않았고, 책상에 놓인 수학 문제집은 손대기 싫었다. 무슨 소개팅이 이래, 가영에게 묻고 싶었다. 가영은 내 자리에서 두 책상 건너 대각선 자리에 앉았다. 가영과 성곤은 영락없이 공부만 하는 학생들처럼 보였다. 시험 끝나고 우울하네 어쩌네 하던 가영이 모습은 온데간데없었다. 뭘 해야 하나, 수학 문제를 풀까 눈만 깜박이는데 고양이가 가영이 얼굴을 가렸다. 그새를 못 참고 또 거울을 보는 중이었다. 그러다 연습장을 찢어 옆자리에 앉은 성곤에게 주었다. 성곤은 그 종이를 읽고는 몇 줄 덧붙여 다시 가영에게 건넸다. 두 사람 사이에 쪽지가 대여섯 번 오갔다. 둘이 아주 친해 보였다. 가 영이 고니라고 부르며 자랑할 만했다. 거기까지만 보고 고개를 수 학책으로 내렸다. 수학책에 노란 포스트잇이 붙어 있었다.

'아무거나 좋아?'

가로 세로 5센티미터인 작은 포스트잇을 절반 넘게 채운 큰 글 씨였다. 나는 종이 한쪽 귀퉁이에 '좋아'라고 써서 옆으로 밀었다.

2000원을 넣고 단추를 눌렀는데, 1000원짜리 고카페인 음료 와 800원짜리 주스가 떨어졌다. 잔돈 400원을 챙기는 내게 지훈 이 1000원짜리 음료를 내밀었다.

"괜찮아."

내가 쭈뼛거리자 내 손에서 주스병을 빼앗고 그 자리에 고카페 인 음료를 끼웠다. 나는 진짜 괜찮았다. 커피를 반 잔만 마셔도 심 장이 쿵쾅거리고 볼이 빨개져서 카페인이 들어간 음료수는 좋아하 지 않았다. 차라리 바나나 우유가 나았다.

"진짜 괜찮다니까. 그리고 나는 카페인 든 건 못 마시거든!"

지훈이 그랬던 것처럼 나도 음료수를 바꿨다. 1층 열람실에서 지하로 내려가 식당 앞에서 하늘공원으로 나갔다. 하늘공원 한가운데 키 낮은 꽃들이 피어 있었다. 작은 꽃송이들이 연보랏빛 군락을 이루고 있었다. 꽃을 본 게 언제였는지 가물가물했다. 작년 봄이었는지, 재작년 봄이었는지, 아니면 초등학교 때였는지 모르겠다. 그동안 꽃이 피는지 지는지 깨닫지 못한 채 학원과 학교를 오가는 생활을 반복했다. 아침이면 서둘러 학교를 가느라, 저녁이면 다시 집으로 돌아오느라 바빴고 고등학교에 들어와서는 그 생활이 더 빡빡하게 바뀌었다. 홀린 듯 꽃을 바라보자 지훈이 툭 내뱉었다.

"꽃 처음 봐?"

"그러네."

"얼마나 바빠서 꽃도 못 봤어. 개나리나 진달래 핀 것도 못 봤어?"

"바쁜 게 아니라 학교 근처에는 없어. 나무는 봤는데 꽃은 못 봤어."

"집 근처에도?"

"없어."

"뭔 소리야. 우리 할머니처럼 많이 아픈 사람들이나 꽃이 피는지 지는지 모르는 거야. 살아 있는 사람들은 개나리를 봐야 봄이 오는구나, 코스모스를 봐야 가을이구나, 한다고."

전지훈 말대로라면 나는 살아 있는 게 아니었다. 개나리가 피는지, 진달래가 피는지, 날씨가 더운지, 햇살이 따가운지, 느끼지 못

했다. 아침 일찍 일어나 부리나케 밥을 해치우고 학교에 뛰어들면 그때부터 모든 날씨와 기후는 사라지고 밝은 형광등만 남았다. 아침부터 늦은 밤까지 형광등이 꺼지지 않았다. 영어를 외국인만큼 능숙하게 하는 친구들이 영어로 대화를 나누는 사이에 끼어 꿀 먹은 벙어리로 지냈고, 교과서에 나온 수학 문제들은 이미 다 풀어 보았다는 친구들에게 들킬세라 비교적 깨끗한 수학책을 숨겼다. 형광등 수십 개가 내뿜는 빛은 밝고 환했지만 나는 점점 수명이 다 된 형광등처럼 희미해졌다. 나도 꽃처럼 환하게 빛나고 싶었다. 햇빛 아래 당당히 제 빛을 드러내는 꽃처럼 당당하고 싶었다.

나는 조심스럽게 내 마음속에 감췄던 꽃을 들여다보았다. 노랗고 작은 꽃송이가 몇 개 달린 수선화였다. 오래 피어 있거나 화려하진 않지만 화사하게 웃는 수선화처럼 피고 싶었다. 그런데…… 꽃이 희미하게 멀어졌다. 흔들렸다. 손등 위로 물방울이 똑똑 떨어졌다. 밖으로 드러나지 말아야 할 눈물이었다.

당황한 지훈이 내 어깨를 자기 어깨로 툭 쳤다. 나는 벌떡 일어났다. 마시다 만 주스가 바닥으로 떨어졌다. 용수철같이 튀어 오른 내 옆에 지훈이 덩달아 섰다.

"그만 들어갈래."

그 순간, 전지훈 어깨가 닿는 순간, 조금 전까지 내가 마음속에서 피워 올린 꽃송이가 꽃봉오리를 닫았다. "여, 꽃다운 나이야." 그 목

55

소리가 내 몸을 휘감았고 몸이 싸늘해졌다. 손끝이 시리고 배가 아팠다. 찢어진 스타킹과 치마를 입고 낯선 사내 옆에 섰는데, 그 사내 얼굴에 지훈이 겹쳐졌다. 얼어 죽을 것 같았다. 숨이 막혔다.

비밀 남자 친구

 지훈이 싫진 않았다. 지훈이 보내는 문자나 카톡을 받을 때마다 은근히 자랑하고 싶은 마음이 생길 때도 있었다. 나도 남자 친구가 있어, 이것 봐, 고카페인 음료를 볼 때마다 선혜는 못 먹는다고 생각한다잖아, 귀엽지. 가영이가 성곤이와 주고받은 카톡을 자랑할 때 나도 지훈이 보낸 카톡을 보여 주고 싶었다. 그렇지만 과연 지훈이 내 남자 친구일까 하는 의문이 들었다. 서먹하지 않고 싫지 않은 것만으로는 부족했다. 지훈이 보낸 문자를 볼 때는 민석이 보낸 문자를 확인할 때처럼 설레거나 가슴이 쿵쿵 뛰지 않았다. 가영은 뜨뜻미지근한 내게 싫지 않다면 계속 만나 봐, 괜찮아 보이던데, 성곤이가 그러는데 정말 좋은 친구래, 충고했다. 그렇게 좋은 친구라는데 왜 나는 설레기는커녕 몸이 굳고 더 추울까, 내게 무슨 문제가 생긴 건 아닐까, 자꾸 의문만 쌓였다.

그사이 지애가 달라졌다. 달걀 프라이를 부치지 않고 반찬 없이 맨밥만 입속으로 연신 퍼 넣는데, 속도가 걱정스러울 정도로 빨랐다. 청소 당번도 아니고 동아리 활동을 하는 날도 아니었는데 서두르는 모양새가 예사롭지 않았다.

"나 먼저 간다, 저녁때 봐."

내 앞에 빈 밥그릇을 놓고 후다닥 뛰쳐나갔다. 양치도 안 하고 나가는지 바로 현관문 닫히는 소리가 들렸다. 요즘 한지애는 넋이 반쯤 나간 사람 같았다. 돌이켜 보니 같이 돌아오지 않은 그날부터 딴사람 같았다. 혼자 히죽히죽 웃는 일도 잦았고 밥도 적게 먹었다.

지애 엄마는 지애한테 밥을 차려 주지 않았다. 학원 강사인 지애 엄마는 아침 일찍 나가서 저녁 늦게 들어오기 일쑤였고 지애 혼자 집에서 보내는 시간이 많았다. 엄마는 밥을 차려 주는 대신 식탁에 돈을 올려놓았다. 중학교 내내 급식과 외식으로 배를 채우던 지애는 엄마에게 집밥을 먹고 싶다고 투덜댔다. 그랬더니 엄마가 "무슨 낙으로 네 밥을 차려." 했다. 지애는 제 성적이 나빠서 엄마가 싫어하는 거라고 생각했다. 오빠가 가끔 집에 들르면 불고기도 만들고 잡채도 만드는데 자기 밥은 차려 주기 싫어하기 때문이었다. 그날 이후로 지애는 결심했다. 엄마가 해 주는 맛있는 밥을 먹기 위해 성적을 올리고 말 거라고. 성적은 지애가 노력하는 만큼 올랐다. 남들이 부러워하는 최강외국어고등학교에 입학했을 때, 무슨 선물을 받고 싶냐는 엄마에게 "밥 해 줘."라고 말하자 엄마는 쓸쓸하게 웃으며 지갑에서 돈을 꺼냈다. "밥은, 가족들이 다 모여서 먹어야 맛있지. 너한테만 밥을 차리면 쓸쓸해서 싫어." 그 뒤로 지애는 집밥을 포기했다. 대신 어디서든 밥 먹을 기회가 생기면 배 속을 든든하게 채웠다. 지애는 꼬박꼬박 달걀 프라이를 부쳤고 끼니를 거르지 않았다. 주말에도 집으로 돌아가지 않았다.

야자를 마쳤을 때 지애는 이미 보이지 않았다. 서둘러 뒤를 쫓았더니 뒷문을 나서는 지애가 보였다.

"한지⋯⋯."

지애 옆에 누군가 있었다. 남학생이었는데, 내가 지애를 부르는 소리를 듣자 그 남학생은 재빨리 걸어갔고 지애는 멈춰 섰다. 남자 친구가 생겼나, 아닌가, 요즘 좀 수상하긴 했어, 그냥 지나가는 남학생일 수도 있잖아, 둘이 무슨 이야기를 주고받는 것 같았는데, 남자 친구가 생겼다면 나한테 말했을 거야. 나는 지애에게 뛰어갔다.

"야, 치사하게 혼자 가냐?"

내가 등짝을 치자 지애 등이 펄쩍 뛰듯이 움직였다.

"호, 혼자 가긴. 조금만 늦어도 화냈잖아."

지애 말이 백번 맞았다. 내가 아까 봤던 그 남학생은 벌써 다른 남학생들과 섞여 어디로 갔는지 찾을 수 없었다. 우리는 고시텔까지 빠르게 걸었다.

"아, 맞다. 선혜 너, 소개팅 한 애하고는 잘돼 가니?"

총무가 눈을 게슴츠레 뜨고 손가락을 탁 튕겼다.

"선혜 소개팅 했어? 야, 부럽다."

총무는 고시텔 2층 총무실 옆에 딸린 방에 살며 로스쿨 입학 준비를 했다. 공부도 하고 돈도 버는, 꿩 먹고 알 먹는 직업이라며 가슴을 팡팡 쳤는데 실상은 공부보다 고시텔 뒤치다꺼리에 더 많은 시간을 쏟았다. 20명 넘는 학생들과 투숙인들을 가족처럼 관리하는 일, 그 일이 총무한테는 꿩이고 알이었다.

"어, 뭐 그럭저럭. 저한테 편지 온 거 없어요?"

"없는데. 근데 선혜야, 안 더워?"

"뭐가요?"

총무가 손가락을 뻗었다. 손가락 끝이 내 다리를 가리켰다. 나는 대답 대신 책가방으로 다리를 가렸다. 벌써 하복을 입고 다니는 친구들도 몇 있었다. 그러나 나는 두껍고 검은 겨울 스타킹을 신었다.

"안 더워요. 그리고 제 다리 훔쳐보지 마세요."

"훔쳐보긴 누가 훔쳐봤다고 그래? 딱 봐도 보이는구만."

"나 같으면 그럴 시간에 공부를 더하겠다."

더 이상 신경 쓰지 말라는 일종의 경고였다. 총무는 굳은 표정으로 손을 흔들었다. 볼일 다 봤으면 가 보라는 뜻이었다. 돌아선 내 팔을 지애가 잡았다. 지애가 턱으로 공동 주방 쪽을 가리켰고 나는 지애 팔을 뿌리쳤다. 그리고 앞장서 걸었다.

"총무님한테 왜 그래?"

"뭐가, 틀린 말도 아니잖아."

"내가 보기에는 나름 최선을 다해서 공부하고 있잖아."

"최선을 다했으면 붙어야지."

지애가 물을 벌컥벌컥 들이켰다. 빈 잔을 식탁에 탁 소리 나게 내려놓으며 나를 노려보았다. 나도 질세라 쏘아보며 물었다.

"나도 너한테 실망했어."

"내가, 뭘 어떻게 했는데?"

"나는 너한테 감추는 게 없어. 근데 아까 너랑 같이 온 남자는 누구고?"

지애는 빈 잔을 입에 갖다 댔다. 털어도 한 방울 나오지 않을 텐데 계속 마시는 시늉을 했다. 나는 다시 물을 채워 지애 앞에 놓았다. 그 잔도 순식간에 비었다.

"어떤 남자? 무슨 소리야?"

지애가 내 말을 못 알아듣겠다는 듯 딴청을 부렸다. 높아진 목소리에 얼굴까지 발개진 채 나를 다그쳤다. 엉뚱한 소리 하지 마, 네가 본 대로만 상상하지 마, 강력한 항의였다.

"진짜 아니야?"

"아니야."

지애가 입을 굳게 다물었다. 양 입꼬리가 살짝 내려간 모양새가 더 이상 아무 말도 하지 않을 것 같았다. 이러다 영영 입을 닫을까 걱정스러웠다. 내게 지애는 단순한 식판 친구가 아니었다. 처음 만났을 때 자기 상처를 다 보인 아이였고, 내 상처를 알고 있는 유일한 친구였고, 그래서 우리 사이가 멀어지는 게 두려웠다. 지애 옆에 있던 남자는 특별한 사이가 아닌데 내가 잘못 넘겨짚은 것 같았다.

"알았어. 대신 아침밥은 제대로 먹고 가. 달걀 프라이도 먹고. 그것만 약속해."

"응. 그리고 선혜야……."

"뭐?"

"……아니야."

뭔가 할 말이 있는 듯 입을 달싹거렸지만 다시 닫혔다. 지애가 무척 낯설게 보였다. 알고 지낸지 얼마 되지 않지만 지애와 나는 별의별 이야기를 다 나누었다. 두 개뿐인 샤워 부스와 밀려 있는

62

줄 때문에 같은 샤워 부스에서 함께 샤워를 하기도 했다. 지애 등에 있는 검은 점, 내 허벅지에 있는 작은 화상 자국, 서로를 속속들이 보여 줄 만큼 가까웠다. 그랬기 때문에 더 섭섭했다. 지애가 말을 돌렸다.

"너 소개팅 한 애는 어때?"

"그냥 그래."

"그냥? 야, 혹시 다른 사람이 좋은 건 아니고?"

지애가 그날 흘렸던 눈물을 떠올렸다. 어쩌면, 지애라면 내 마음을 알아줄지 몰라, 정말 친한 친구니까, 가까운 절친이니까.

"사실 좋아하는 사람이 있긴 해."

지애가 바짝 다가앉았다.

"누구?"

"이민석 선배. 3층에 사는."

그러자 지애가 벌떡 일어났다.

"야, 정선혜, 치사하게 양다리 걸치기 있냐? 소개팅 한 애나 신경 써."

돌아서는 지애에게 찬바람이 씽 불었다. 지애에게 할 이야기가 아직 남아 있었다. 지훈과 민석이 문자를 보내는데 그때 내 감정이 어떤지, 지훈과 몸이 닿았을 때 얼마나 춥고 무서웠는지, 자꾸 추워서 힘들다든지, 지애와 이런 이야기를 나눌 겨를이 전혀 없었다.

지애는 내가 소개팅을 한 다음 이야기를 들으려 했는데 엉뚱하게 민석 선배 이야기를 꺼내서 당황한 것 같았다.

"미안해."

나는 지애가 사라진 쪽을 바라보며 속삭였다. 가영이 부러웠다. 가영은 마음에 담아 두지 않고 자유롭게 이야기했다. 싫으면 싫다, 좋으면 좋다, 그 여자가 밉다는 말을 내뱉는 가영처럼 하고 싶었다.

방문을 열자 캄캄한 방으로 복도 불빛이 새어 들었다. 희미한 빛에 바윗덩어리 같은 어두움이 떡하니 버티고 있었다. 무서움이 더럭 밀려왔다. 두려움은 항상 어두움과 짝을 이룬다. 어두움은 춥고 외롭고 무시무시했다. 손끝이 떨렸다. 불을 켜자 급하게 나가느라 그대로 벗어 놓은 옷가지와 헝클어진 이부자리가 눈에 들어왔다. 침대와 이어진 책상, 침대 위 옷장, 짐 가방과 종이 상자들이 남은 벽을 채운 것도 보였다. 답답하고 추웠다. 벗은 교복을 의자 위에 대충 걸쳐 놓고 옷을 갈아입었다. 긴 바지와 긴 셔츠를 입어도 추위는 가시지 않았다. 카디건을 꺼내 겹쳐 입고 수면양말을 신었다. 그래도 추웠다. 학교에서는 견딜 만했는데, 이곳으로 돌아오면, 빈터가 가까워지면 못 견디게 추웠다. 이 추위가 평생 나를 따라다닐까, 생각만 해도 끔찍했다.

휴대폰 진동이 울렸다. 낯선 번호가 떴다. 이번이 벌써 세 번째였다. 그 번호는 낯익은 듯 보이기도 했고 낯설기도 했다. 수첩과 학생증, 가방을 통째로 잃어버린 다음부터 낯선 번호는 모두 경계 대상이었다. 나는 낯선 번호로 온 문자를 손으로 가렸다. 무슨 내용인지 알고 싶지 않았다. 대신 그 번호를 스팸으로 처리했다.

또 진동이 울렸다. 엄마였다.

"이 가스나 이기 미친나, 성적표 꼬라지가 이기 뭐꼬?"

꼬리표로 확인한 내 성적이 집으로 배달되었다. 엄마가 하루 종일 껌 팔고 쓰레기봉투 팔았는데 공부하라는 말은 귓등으로 흘린다고 야단을 쳤다. 나는 "네, 네." 하고 짧게 대답했다. 더 이상 할 말이 없었다. 열심히 하겠다거나 이번에는 운이 나빴다거나 배운 데서 나오지 않았다거나 하는 변명이 나오지 않았다. 나는 줄에 매달린 꼭두각시 인형이었다. 그 줄을 조정하는 건 엄마였고 나는 그 줄에 매달려 이리저리 오가는, 생각 없는 바보 같았다. 학교, 고시텔, 모든 것이 엄마 계획대로였다. 엄마는 그걸로 내 인생이 활짝 필 거라고 했다. 그런데 나는 점점 더 쪼그라들고 초라해졌다.

잠자코 있는 시간이 길어졌다. 한참 동안 을러대고 윽박지르던 엄마가 뚝 말을 끊었다.

"……니, 아무 일도 없제?"

"……."

"가스나, 말 좀 해라. 아무 일도 없제?"

"네."

통화가 끝났다. 아무 일도 없다, 정말 아무 일도 없다, 아니 그렇게 믿고 싶었다. 나도 엄마처럼 모든 걸 잊고 싶었다. 그런데 날이 갈수록 잊을 수 없고 점점 더 무섭고 끔찍했다. 전지훈이 그랬다, 널 보면 얼음덩어리가 생각난다고. 두 번째 만난 날 지훈이 내 손을 잡으려 했다. 나는 소리를 버럭 지르며 손을 잡아 뺐다. 무슨 짓이냐고, 저리 치우라고 발악을 했다. 지훈이 당황했고 나는 부들부들 떨었다. 나도 가영과 성곤처럼 손을 잡고 어깨동무를 하고 싶었다. 이 세상 남자들이 다 나쁜 사람만 있는 것도 아니고, 그날 그 사내들은 미친놈이었다고 천 번 만 번 생각했다. 그러나 그건 생각뿐이었다. 내 몸은 내 생각보다 반응이 빨랐다. 지훈이 내게 접촉을 시도하는 순간, 모든 생각은 정지되고 시간이 거꾸로 흘러 그날로 되돌아갔다. 아무 일도 없다니, 그런 질문에 그렇다고 대답하다니, 꼭두각시 같은 내 자신이 싫었다.

"이런 바보!"

풀로 붙인 듯 딱 달라붙었던 입술이 떨어졌고, 생각보다 목소리가 컸다.

"선혜 들어왔어?"

벽을 타고 현이 언니 목소리가 흘러들었다.

"네."

"잠깐 교복 치마 갖고 건너와."

왜 하필 교복 치마를 가져오라는지 궁금했다. 그러나 현이 언니가 가져오라면 까닭이 있을 것이다. 화장으로 내 멍을 감춰 준 것도 언니였고, 자신이 먹지 않는 달걀 프라이를 날 위해 부쳐 주기도 했다.

언니 방에는 살림살이가 그다지 많지 않았다. 화장품도 로션과 크림이 전부였고 옷가지 몇 개가 단출하게 놓였는데, 두꺼운 책들이 그 살림살이들을 압도할 만큼 많이 쌓여 있었다.

"치마는 왜……."

언니가 대답 대신 손을 내밀었다. 나는 언니 손에 내 치마를 주고 책상 의자에 앉았다. 언니는 내 치마를 찬찬히 살피다 혀를 찼다. 그러고는 책상 서랍에서 납작한 반짇고리를 꺼냈다.

"길게 입는 건 좋은데 밑단은 꿰매야지."

치마 밑단은 오버로크로 시접 처리한 부분이 끝자락을 이루고 있었다. 언니가 치마 밑단을 꿰매고 총무에게 다리미를 받아 와 다리는 걸 지켜보았다.

"언제…… 보셨어요?"

"며칠 됐어. 이제 무릎은 안 보일 거다. 여름 치마도 가져오면 내가 늘려 줄게."

"여름 치마라뇨."

"다들 여름 치마를 입고 있잖아. 너만 겨울 치마고. 아직도 춥니?"

나는 대답 대신 카디건을 여몄다.

"수학여행 간다면서, 잘 놀다 와."

"이틀 자고 오는 것뿐인데 뭐. 아, 이번에 장기자랑에서 춤추기로 했어요. 짬짬이 연습해야 하는데 다들 바쁘대요."

언니가 쿡쿡 웃었다. 크게 말할 수도, 크게 웃을 수도 없는 고시텔에서 낼 수 있는 가장 큰 웃음이었다.

"가볍게 잘 놀다 와."

언니가 내 소맷자락을 문질렀다. 그 말이 꼭 가볍게 입고 갔다 오라는 말처럼 들렸다.

"알바는 할 만해요?"

"그럭저럭. 편의점 알바 자리가 나와서 오전 내내 거기 가 있어. 승찬이가 그깟 알바 얼마나 하냐고 퉁을 주기에 한바탕 했지."

승찬이가 누굴 말하는지 물으려는데 언니가 내 마음을 먼저 읽었다.

"걔, 총무 말이야. 송승찬. 지가 뭔데 남 인생에 이래라 저래라 하는지 모르겠어. 지는 알바 안 하나? 그래도 지는 부모님한테 용돈도 받는 눈치던데, 여기 일이랑 용돈 합하면 먹고 살기는 할 거야."

"언니는요?"

"나는…… 컸으니까 내 힘으로 살아야지. 그럼 쉬어라."

나는 언니가 밑단을 꿰맨 치마를 들고 복도에 서 있었다. 총무하고 티격태격 싸우면서도 세세한 사정까지 꿰고 있을 줄 몰랐다. 요즘 아침 식탁에 언니가 안 보인다 했더니 다른 일자리를 구했던 모양이다. 언니는 총무하고 같은 나이인데, 총무보다 한참 누나처럼 보였다. 언니가 얼른 직장을 구했으면 좋겠다. 그래서 이 지긋지긋한 곳을, 무섭고 어두운 이 골목을 빠져나갔으면 좋겠다. 언니라도 그렇게 했으면 좋겠다.

반바지

수학여행을 오키나와로 오다니 꿈만 같았다. 엄마는 "드디어 우리 선혜가 갸들하고 똑같아지는 기라. 선혜 출세했네." 하며 좋아했다. 선혜슈퍼는 1년 365일 문을 닫는 날이 없었다. 내 입학식 때도 아빠는 가게를 지켰고, 엄마가 참석했다. 고시텔을 고르고 짐을 나른 건 아빠였다. 그날은 엄마가 가게를 지켰다. "네 결혼식 때도 네 엄마는 가게 문을 열 거야." 아빠 말이 농담 같지 않았다. 가족들과 같이 휴가를 가는 건 꿈 같은 일이었다. 여름이면 아빠와 같이 근처 계곡에 가서 몸을 담그고 오는 걸로 피서를 끝냈는데, 엄마는 그런 데 나가면 돈 들 일밖에 없다며 선풍기 바람 쐬는 슈퍼가 짱이라고 했다.

생전 처음 배를 타고 해외로 왔는데, 나처럼 신기해하는 친구는 드물었다. 수학여행을 가는데 왜 하필 배야, 비행기로 가면 편하고 빠른데 궁상맞다는 친구들도 있었다. 오키나와뿐만 아니라 동경을 여러 번 가 본 친구들도 있었다. 가영은 수학여행 기간 동안 기숙사에 남으려면 부모님께 사유서를 받아야 하는데, 그 여자에게 말을 꺼내기 싫다며 수학여행에 따라왔다.

"아마 아빠는 집으로 와라, 이럴 거라니까. 그 여자랑 지내느니 따분한 게 낫지 뭐."

가영이 늘어지게 하품을 했다. 가영은 활기찬 친구였다. 반 분위기를 이끄는 데 한몫했고 내 기분도 가영의 기분 따라 널을 뛰었다. 가영이 가라앉으면 나 또한 밑바닥을 헤맸다. 기분을 달래 줄 결정적 한 방이 필요했다.

"오늘 엄청 예쁘다. 그 티셔츠 어디서 샀어?"

티셔츠라는 말에 하얀 뺨이 주황색으로 서서히 물들었다. 티셔츠 색과 비슷했다.

"그치, 그치? 우리 고니가 한 달 기념으로 선물한 거야. 봐, 이 뒤 글씨를 보면 고니도 나를 엄청 사랑하나 봐."

셔츠 뒷면에 흰 글씨로 '**THE BEST**'라고 씌어 있었다.

"야, 부럽다, 박가영."

"너도 지훈이 있잖아."

"지훈이라니?"

"장지훈인가 전지훈인가 하는, 우리 고니 친구 말이야."

나는 발걸음을 재게 놀렸다. 혼자 어딜 가냐고 소리치는 가영을 뒤로 하고 먼저 버스에 올랐다. 뒤따라온 가영이 내 옆자리에 앉으며 그 말이 그렇게 신경 쓰였냐고 했다.

"지훈이랑 헤어졌어? 꽤 괜찮은 애 같던데."

"아니야. 그냥…… 그래."

"계속 뜨뜻미지근해?"

"뜨뜻도 안 하다니까."

"이상하다. 고니 말로는 널 엄청 생각한다던데. 너랑 오래 사귀고 싶다고 했대. 근데 정말 넌 아니야?"

"잘 모르겠어."

가영은 처음엔 다 그렇다며 좀더 기다려 보라고 했다. 둘이 꽤 잘 어울린다며 고니랑 열심히 응원하겠다고 했다. 나는 씁쓸하게 웃어넘겼다.

수학여행 두 번째 날 밤이었다. 낯선 곳, 낯선 땅 곳곳을 하루 종일 돌아다닌 데다 친구들과 선생님 빼고는 일본어만 들려서 피곤하고 힘들었다. 가영과 나, 수겸과 아름이, 백재원과 김세윤, 함태준, 이렇게 일곱 명이 장기자랑 때 같이 춤을 추기로 했다. 그 중에서 여자애들 넷이 203호, 남자애들 셋이 301호였다. 이따가

301호에서 장기자랑 30분 전에 춤을 맞춰 보기로 했다. 초등학교 때나 중학교 때나 함께 모여 발표를 준비하는 일은 많았지만 이번에는 친구들 모두 심드렁했다. 아닌 말로 수행평가도 아닌데 열심히 해서 뭐 하느냐, 기껏 상금이 10만원이 뭐냐, 음악 틀어 놓고 장기자랑 시간 내내 아무 춤이나 추자, 구시렁거렸다.

유스호스텔 객실 하나에 2층 침대가 여섯 개 있었다. 창에서 제일 가까운 2층 침대 아래 칸에 내가 자리를 잡고 위 칸에 가영, 이수겸과 아름이가 앞 침대를 차지했다. 넷이서 가영이 꺼낸 씨씨크림을 발랐다. 비싼 거라고 수겸이 놀라자 가영은 그 여자가 줬다며 아빠 앞에서는 뭔들 못 줘, 하며 중얼거렸다.

장기자랑에서 선보일 우리 팀 이름은 '최강시대'였다. 그룹 소녀시대가 부른 '소녀시대'를 '최강시대'로 바꾸어 춤을 출 계획이었다.

"근데 우리가 고른 노래, 너무 올드하지 않아?"

아름이가 투덜거렸다. 수겸은 아름에게 씨씨크림을 건네받아 두 방울을 짜내 얼굴에 문질렀다.

"올드한 게 공감을 자아내긴 쉽지. 쌤들도 즐겨야잖아."

이번에는 가영이 우리를 둘러보았다.

"뭐, 어떤 곡이든 상관없어. 다들 반바지 갖고 왔지? 남자애들도 갖고 왔대?"

가영은 춤보다 의상에 더 관심이 많았다. 똑같은 옷을 단체로 맞춰 입자고 제안하기도 했는데 수겸이 번거롭게 뭘 그러냐고 반대했다. 어차피 한 번 입을 걸 돈 주고 사면 아깝다는 게 수겸이 의견이었고 나도 그 의견에 찬성했다. 그렇게 정해지자 수겸이 모든 걸 챙겼다. 노래를 다운로드하고 의상을 체크하고 우리가 따라 할 동영상을 모두에게 전송하는 일까지 맡았다. 수겸이 남자애들도 다 가져왔다고 알렸다. 수겸은 수련회를 오기 전까지 세 번이나 '최강시대' 팀에 반바지를 꼭 챙기라고 단체 카톡을 보냈다. 아마 배에 타기 전에 남자애들한테 확인부터 했을 것이다. 내가 씨씨크림을 짜 얼굴에 막 바르려는 순간, 수겸이 허리를 구부렸다.

"근데 그 소문 들었어?"

수겸이 큰 소리로 말문을 열자 옆 침대에서 짐을 풀던 다른 친구들이 다가왔다. 수겸은 늘 기대를 저버리지 않았다. 수겸이 영어과와 중국어과에서 소문들을 몰고 와 일어과에 퍼뜨렸다. 처음에는 다른 과에서 일어난 일들에 박장대소를 했지만, 머지않아 일어과에서 일어난 일들도 다른 과에 퍼지고 있다는 걸 알게 되었다. 어떤 친구들은 수겸이 다른 과 소문과 일어과 소문을 맞교환할 거라고 추측했다. 수겸은 1학년뿐 아니라 2학년과 3학년 사이에 일어난 일들도 속속들이 알았다. 뭔가 궁금한 일이 생기면 이수겸을 찾아라, 수겸은 일어과에서 인정한 소문 전달자였다.

"우리 학교 학생 중에 성폭행 당한 애가 있대."

씨씨크림을 바르는 내 손이 멈칫했다.

"정말? 누구래?"

"누군지는 모르겠는데 남자 둘한테 죽을 만큼 맞았다지, 아마? 2학년 선배한테 들었어."

"그럼 2학년인가? 누군지 참 안됐다. 어쩌다 그랬대?"

"맙소사, 언제 그랬대?"

수겸이 옆에 모인 친구들이 탄식했다. 한숨을 쉬고, 죽일 놈들이라며 주먹을 허공에 때렸고, 자기가 그 여자가 아니라는 사실에 안도했다. 나는 씨씨크림을 계속 발랐다.

"정선혜, 얼굴에 가면 쓴 것 같아. 완전 하얘."

가영이 말에 내게 시선이 쏠렸다.

"어, 그래? 야, 너무 충격적이라 정신줄을 놓았다야. 누군지는 몰라?"

내 얼굴을 보며 피식 웃던 수겸이 손바닥을 좌우로 흔들었다.

"누군지는 모르는데 어디서 그랬는지는 들었어. 뒷문 근처에 빈 터가 있는데 야자 끝난 시간에 그랬다지, 아마?"

손끝이 바들바들 떨렸다. 빈터, 야자 끝난 시간, 남자 둘, 거기 까진 그날과 똑같았다. 단지 성추행이 성폭행으로 바뀌었을 뿐이다. 그날 이후 비슷한 사건이나 더 엄청난 일이 벌어졌다는 이야기

75

는 듣지 못했다. 만약 그런 일이 있었다면 그건 수겸이 아니라 고시텔 선배들을 통해 번졌을 것이다. 도대체 누구지, 무슨 일이 벌어진 거야.

내가 다시 씨씨크림으로 손을 뻗었다는 건 가영이 크림 통을 낚아채면서 알아차렸다.

"얘가 진짜, 가부키 배우 같아. 얼른 세수해. 이수겸, 그 얘기 그만해. 이러다 내 씨씨크림 다 동나겠어."

가영이 말을 신호로 둘러앉은 친구들이 모두 웃음을 터뜨렸다. 나도 덩달아 웃었다. 그러나 입은 웃고 있어도 마음속으로는 짜르르, 전기가 흘러 다시 내 몸을 냉각시켰다.

나는 서둘러 화장실로 뛰었다. 가면을 쓴 것처럼, 밀가루 반죽을 뒤집어쓴 것처럼 눈썹까지 하얗게 변한 내 얼굴이 낯설었다. 누구세요, 정말 선혜 맞아? 너, 혹시 계속 이런 가면을 쓰고 있는 거니? 거울 속 내가 나에게 물었다. 눈가에 바른 씨씨크림은 얼룩이 져 있었다. 얼음물이 녹아내리듯 눈물이 흐른 자국이었다. 비누 거품을 내어 얼굴에 박박 문질렀다. 눈이 아팠다. 화장품이 눈에 들어가서 아픈지, 비누 때문인지, 아직 눈물이 덜 그친 건지, 아니면 그 셋 다인지 확실하지 않았다. 비누 거품이 다 사라질 때까지 씻고 또 씻었다. 물과 함께 내 마음까지 씻어 낼 수 있으면 좋겠다. 정말 그랬으면 좋겠다.

장기자랑 시간이 얼마 남지 않아 301호로 이동하려는데, 이수겸이 손가락질했다.

"야, 정선혜, 너 그 스타킹 신을 거야? 봐, 우리 중에 누가 그렇게 입었나."

"꼭 반바지만 입어야 해? 나는 싫은데."

"오늘 입은 반바지는 그냥 반바지가 아니야. 단체복이잖아. 그런데 너 혼자 이러면 곤란하다고."

수겸이 말이 맞다. 하지만 반바지만 입으면 어떻게 될까, 두려웠다. 내가 뻣뻣하게 서 있자 이수겸이 화를 버럭 냈다. 답답하게 굴지 말고 얼른 갈아입으라고, 두꺼운 양말은 당장 벗어 던지라고, 소리를 질렀다. 열린 방문으로 시끄러운 소리가 나자 다른 방 친구들이 우리 방을 기웃거렸다. 나는 어떻게 해야 할지 갈피를 잡지 못했다. 그때, 지애가 들어왔다.

"선혜야, 장기자랑 준비 다 했어?"

코너에 몰린 권투선수처럼, 원투 스트레이트 펀치를 계속 맞고 있을 때 한 라운드가 끝나는 공이 울린 것처럼, 지애가 등장하자 이수겸이 입을 다물었다.

"나 잠깐 봐."

지애가 나를 방 밖으로 불러냈다. 복도 맨 끝, 아무도 없는 곳에서 지애가 내 손을 잡았다.

"너도 그 소문 들었지? 그렇지?"

굳게 다문 내 입술 사이로 끄응, 앓는 소리가 새어 나왔다.

"지금 이 상황에서 네가 그 스타킹을 신는다면 아마 그게 너라고 생각하는 애들도 있을 거야."

"난 아니야."

"알아."

"아니라고."

"안다니까."

"네가 뭘 알아? 아는 척하지 마."

목소리가 갈라졌다. 입술이 바짝 마르고 정수리가 찡 하고 울렸다. 누가 그런 소문을 처음 퍼뜨렸는지 잡기만 하면 두들겨 패고 싶었다. 빈터 근처에서 가장 가깝게 사는데, 또 다른 사람이 거기에서 맞았다는 소식은 듣지 못했다. 그렇다면 내가 당한 일이 성폭행으로 부풀려지고 있을 수도 있다. 그 사실이 나를 괴롭혔다.

"난 아니야. 그리고 스타킹은 추워서 신었어. 밤이면 쌀쌀하다고."

지애가 고개를 끄덕였다.

"맞아, 밤이면 쌀쌀해. 그런데 춤추면 땀이 날 거야. 아마 조금 추다 말고 괜히 신었다 싶을걸, 그치?"

단단하게 닫힌 내 마음을 살그머니 어루만지는 목소리였다. 지애 눈빛에 진심이 어려 있었다. 무슨 일이 있어도 네 편이라는 진심, 그날 일을 잊도록 돕고 싶다는 진심. 아직 지애에게 말하지 않은 게 있다. 내가 얼마나 추운지, 왜 스타킹을 벗지 못하는지, 그 사내들이 누군지 모르기 때문에 모든 남자들이 그 사내들처럼 나를 훔쳐보고 때리고 비벼 댈 것처럼 느껴져서 얼마나 공포스러운지, 말할 수 없었다. 누구에게든 비밀은 존재한다. 비밀은 아직 드러낼 수 없기 때문에 생긴다. 그날 병원에서 지애는 입을 틀어막고 울었다. 원피스에 붉은 색 틴트로 단장한 지애 모습이 눈에 선했다. 지애를 또 울리고 싶진 않았다.

"알았어."

드디어 최강시대가 무대에 올랐다. 함태준이 입은 바지는 짧은데다 딱 달라붙어서 보기 민망했다. 가영이가 함태준을 놀리자 태준은 정색을 하며 스키니진을 잘라 만든 건데 이게 길이가 길 때는 나름 멋진 옷이었다며 뒤태가 잘 빠지지 않았냐고 엉덩이를 들이밀었다. 가영이 함태준이 벌이는 너스레에 웃음을 터뜨렸다. 노래가 시작되고 우리 모두 춤을 추었다. 초반에는 박자가 잘 맞았다. 그런데 후반으로 갈수록 발이 엉키고 한 박자씩 늦는 친구들이 생겼다. 노래가 끝날 무렵에는 함태준이 앞으로 빠져나와 아예 막춤을 추었다. 가영은 웃느라 제대로 춤을 마무리하지 못했다.

무대에서 내려오자 지애가 다가왔다. 기념으로 사진을 찍자며 자기 전화기를 가영에게 건넸다. 둘이 사진을 찍고 나자 지애가 그 사진을 누군가에게 전송했다.

"누구한테 보내?"

"어? 있어. 몰라도 돼."

"야, 한지애, 너 진짜 누군지 말 안 할 거야?"

"언젠가 때가 되면. 아, 배고프다. 야식 안 먹는대?"

농담처럼 말하며 웃는 지애 옆에서 나는 오들오들 떨었다.

"다리 시려."

지애가 나를 꼭 안았다. 추위는 여전했다.

밤이 깊어 갔다.

바나나 우유

지애는 여전히 달걀 프라이를 부치지 않았다. 아침마다 급하게 나가느라 정신이 없는 듯했다. 그래서 내가 두 개를 부쳐 하나는 지애 밥그릇에, 또 하나는 내 밥그릇에 얹었다. 지애는 달걀 프라이를 먹지 않고 밥과 반찬만 깨작깨작 먹었다. 그래도 지애는 현이 언니를 찾았다. 현이 언니는 일주일에 두 번, 수요일과 금요일 오전은 알바를 쉬었다. 알바를 쉬는 날에는 학원 강의를 들으러 갔다. 학원에서도 강사를 도와 인쇄물을 나눠 주는 알바를 한다고 했다. 그러면 강의료를 할인 받을 수 있다고 했다. 언니가 아침밥을 같이 먹는 날이면 지애가 농담처럼 말했다.

"언니, 달걀은 다음에 부쳐 드릴게요."

언니는 피식 웃으며 답했다.

"머지않은 너희들 미래가 바로 나야. 그러니까 장난하지 말고 열심히 살아라. 알겠냐, 한지애?"

"끔찍한 소리 하지 마세요. 나는 바로 대학에 들어갈 거예요. 그럼 앞길이 탄탄할 거라고요."

"이봐, 한지애. 나도 대학 나왔거든. 그것도 어마어마 좋은 학교야. 그럼 뭐 해, 알바해서 학자금 대출 받은 거 갚고 생활비 하고, 입시 못지않게 입사 준비해야 하고. 인생이 그래."

그러면 지애는 끔찍한 소리 말라며 손사래를 쳤다.

현이 언니는 총무하고 자주 다퉜다. 처음에는 단순한 말다툼인 줄 알았는데 다투는 내용이 점점 흥미진진했다. 총무는 편의점 야간 알바를 할까 한다는 언니에게 겁도 없이 어딜 밤중에 일을 하냐고 나무랐고, 언니는 자기는 더 이상 잃을 것도 지킬 것도 없으니 괜찮다고 했다. 그러면서 언니는 "내 인생은 건드리지 말고 너나 똑바로 해." 하고 총무 가슴팍을 손가락으로 찔렀다. 총무는 "내 인생이 어때서?" 하고 화를 냈고 언니는 표정 하나 바뀌지 않은 채 "승찬이 너나 잘해."라고 했다. 그러면 총무는 무슨 소리냐며 우당탕탕 설거지를 했다. 현이 언니는 "너 로스쿨 준비하긴 해? 공부하는 꼴을 못 봤어. 뭘 하려면 제대로 해. 내가 이 고시텔 주인이었으면 너 같은 날탕은 잘랐어. 공부가 싫으면 총무 노릇을 제대로 하든지, 총무가 하기 싫으면 공부를 하든지. 알았어?" 이렇게 엄포를 놓았다.

금요일마다 문자는 어김없이 왔다. 민석이 보내는 문자는 늘 비슷했다. 내일은 비가 온대, 3층 남학생들이 토요일 새벽에 축구 경기를 보기로 했어, 무미건조하고 일상적인 문자였다. 그러나 문자를 읽는 내 마음은 점점 더 두근거렸다. 어떤 날은 민석과 영화를 보러 가거나 밥을 먹는 나를 꿈꾸기도 했다. 어쩌면 민석은 그 사내들과 다를지 몰라, 어쩌면 이런 다정한 선배가 내 마음에 가득 찬 얼음을 녹일 수도 있어. 기대가 커질수록 문자를 받는 즐거움도 커졌다.

민석은 가끔 마주쳤다. 야자를 마치고 돌아올 때, 민석이 2층으로 내려와 총무와 속닥거리는 걸 볼 때면 가슴이 두방망이질을 쳤다. "형, 3층 밥 좀 더 해 주세요." 하고 부탁하면 총무가 "이 짜식아, 나 좀 그만 부려 먹어." 하고 투덜거렸다. 귀까지 빨개진 내가 건네는 말은 겨우 "안녕하세요, 선배님."이었고, 그런 내게 민석은 환하게 웃으며 "안녕, 선혜야. 잘 지내지?" 하고 다른 여학생들과 똑같이 대했다. 민석에게 말하고 싶었다. 학교에 이상한 소문이 퍼지는데 힘들어요, 선배가 내 옆에 있어 주세요, 혼자 감당하기 벅차요, 도와주세요. 그러나 그 말을 입 밖으로 꺼내지 못한 채 시간이 흘렀다.

한 달 만에 집에 갔다.

"왔나? 냉장고에 먹을 꺼 있다. 챙기 먹어라."

엄마는 다크서클이 잔뜩 낀 얼굴로 하품을 하며 나를 맞았다. 입으로 인사를 건네면서 눈은 가게 안에 있는 손님들을 좇고 있었다. 그날 아침에 등교해 돌아오는 것 같은 대접에 서운했다. 엄마한테는 내가 한 달 만에 돌아오건 반나절 만에 돌아오건 별 의미가 없는 것 같았다.

나는 대답 대신 계산대 앞에 놓인 스타킹을 살폈다.

엄마가 살색 스타킹 한 상자를 내 손에 쥐어 주었다. 나는 그 스타킹을 그 자리에 도로 내려놓고 검정 스타킹을 집었다.

"야가 야가, 아아들은 다 이거 신꼬 댕기더만, 니는 우째 그 시커무티티한 것만 신노, 치아라 마."

나는 아랑곳하지 않고 검정 스타킹 한 상자를 집었다.

"더 두꺼운 건 없어?"

"더 두꺼운 건 저 뒤에 치웠…… 야, 니 아직도 두꺼운 스타킹 안 벗었나? 안 덥나. 하이고 덥어라. 보기만 해도 숨이 턱턱 막힌다야."

엄마는 기어이 살색 스타킹 한 상자를 내 손에 얹었다.

"됐다니까."

"나도 됐다. 가스나가 와 이리 삐시노."

84

고집을 부리는 엄마 때문에 화가 났다. 늘상 전화를 끊기 전에 내게 하던 말이 생각났고 금방이라도 그 말이 튀어나올 것 같았다. 나는 살색 스타킹을 던지고 슈퍼 안쪽으로 들어가 라면 상자 뒤에 치워 놓은 두꺼운 검정 스타킹 묶음을 집었다.

"이 가스나가 돌았나. 그 두꺼운 걸 와 집노? 이거 가 가라!"

엄마가 빽 소리를 질렀다.

"나는 내 맘대로 스타킹 하나 못 골라? 왜 만날 엄마가 해 주는 대로 해야 해?"

처음이었다. 늘 엄마가 맞춰 준 대로 살았고 그게 전부라고 믿었다. 그러나 이제는 숨이 막혔다. 엄마가 내 등짝을 후려쳤다.

"가스나가 등 따시고 배부르니까 몬 하는 소리가 없다. 스타킹 값 걱정 안 하고 신을 수 있는 걸 감지덕지로 알아야재!"

하나만 알고 둘은 모르는 소리다. 어릴 때부터 아이스크림 하나를 집어 들면 그거 하나에 얼마 남는다는 소리를 질리도록 들었다. 엄마는 수학여행비가 얼마인지 들었을 때 껌 몇 통을 팔아야 하는지 계산하고, 다달이 드는 고시텔 방 값은 담배 몇 갑을 팔아야 하는지 계산했다. 같은 반 친구들은 아무도 그런 걱정을 하지 않았다. 수학여행비를 부모님께 알리면 그만이었다. 그 친구들은 수학여행비가 아니라 입고 갈 옷 걱정을 먼저 했다. 껌 값, 스타킹 값을 아는 게 아니라 그걸 팔아서 남는 돈이 얼마인지 안다는 사실이 힘들었다. 나도 다른 친구들처럼 껌이 한 통에 얼마인지를 따지지 않고 만 원짜리 한 장으로 껌 한 통을 사고 영수증 따위는 받지 않은 채 잔돈을 주머니에 아무렇게나 쑤셔 넣고 싶었다.

계산대를 지나 신선실 쪽으로 발길을 옮겼다. 비어 있는 채소를 점검했는지 한 손에 수첩을 들고 있던 아빠가 조금 전 계산대에서 일어난 소란을 듣고 일어나 있었다.

"내 새끼, 귀한 우리 딸 왔구나. 어서 와."

아빠가 함박 웃으며 나를 껴안을 듯 두 팔을 벌렸다. 조심해, 아빠도 남자야, 나는 한 발 뒤로 물러섰다. 아빠는 뻗은 팔을 그대로 들고 있다가 나를 껴안는 대신 가방을 들었다. 엄마는 계산대를 지키고 아빠와 2층으로 올라갔다. 내 뒷모습을 지켜보는 엄마 입에서 또 그 말이 나올 것 같아 불안했다. 이제 그만해, 그 말은 듣고 싶지 않아. 목젖이 울렁거렸다.

중학교 때까지는 집이 돌아올 곳이었다. 피곤하고 속상한 일이 있어도 집에 들어서면 몸이 노곤해지면서 기분이 조금 풀렸다. 그러나 지금은 집도 불편했다. 전화로만 듣던 그 말을 직접 들을 수 있다는 생각이 나를 사로잡았다.

2층 현관을 열자 참기름 냄새가 물씬 풍겼다. 뒤이어 계피 향과 생강 향도 났다.

"수정과 했어?"

"그래, 너 온다고 엄마가 그저께 만들었어. 너는 수정과라면 자다가도 벌떡 일어나잖아. 한 잔 줄까?"

아빠가 냉장고 문을 열려고 했다. 차가운 기운이 나를 다시 덮칠 것 같았다.

"아냐, 졸려. 한숨 잘게."

아빠가 가방을 내 방으로 옮기고 가게로 내려갔다. 나는 침대에 누웠다. 고시텔보다 두 배나 넓었다. 창문으로 햇살이 환하게 들어오고 책상과 침대 말고도 고시텔 침대가 하나 더 들어갈 공간이 있었다. 발 딛을 곳이 겨우 확보되던 방에서 지내던 내게 이 방은 넓은 바다 같았다. 잠이 오지 않았다. 방이 횅해서 뭔가 채워야 할 것 같았다. 고시텔은 답답했고 이 방은 횅했고, 쉬고 싶을 때 마음 편히 있을 곳이 없어 슬펐다.

부엌으로 가 냉장고 문을 열었다. 잡채, 불고기, 동태전, 겉절이가 큰 통에 꽉꽉 눌러 담겼다. 가스레인지 위 뚝배기에는 된장찌개가 있었다. 슈퍼를 비우지 않는 엄마가 이 음식들을 만들려면 잠을 줄였을 것이다.

냉장고 문에 수정과가 담긴 유리병 세 개가 있었다. 유리잔에 수정과를 한 잔 따랐다. 맑은 갈색에서 계피향이 풍겼다. 군침이 돌았다. 그런데 한 모금을 마시고 곧바로 잔을 내려놓았다. 차디찬 수정과가 목을 타고 배 속을 얼음장처럼 굳히더니 몸을 차갑게 만들었다. 온몸이 바들바들 떨렸다.

"아무 일도 없었다. 알긋나?"

다리가 후들거렸다. 벽을 짚었는데 얼음처럼 차가웠다. 겨우 방으로 돌아와 이불을 뒤집어썼다. 고시텔에서 덮던 이불보다 두꺼운데도 한기가 몰려왔다. 너무 추웠다.

밥 먹으라는 소리에도 일어나지 못했다. 몸살이 난 것처럼 오한이 들고 식은땀이 났다. 엄마가 종합감기약 두 알을 억지로 먹였다. 약 기운에 취해 잠이 들었다 다시 깨어 보니 저녁 10시였다. 공기가 차갑고 내 몸은 그보다 더 차가웠다. 내 옆에는 아무도 없었다. 지금 시간이면 아빠는 팔다 남은 채소를 챙기고 엄마는 마감 준비를 하느라 바쁠 때였다.

따뜻한 바람을 들여보내려고 창문을 열었다. 창 너머로 평상이 보였다. 그리고 거기에 앉은 남자애가 보였다. 창식이다. 쟤가 아직도 여기 오나? 창식이가 맞는 것 같기도 하고 아닌 것 같기도 했다.

트레이닝 바지와 티셔츠 바람 그대로 아래로 내려갔다. 역시 동창식이 맞았다. 창식이 평상에 앉아 바나나 우유를 마시고 있었다. 언제나 한결같이, 같은 시간에 똑같은 음료를 마시는 별난 녀석이었다.

"안녕?"

"어, 어, 안녕, 선혜야."

창식이 벌떡 일어났다. 창식은 나하고 키가 비슷했는데, 못 본 사이에 훌쩍 자라 나보다 머리 하나는 더 컸다. 울긋불긋한 여드름이 이마를 뒤덮었는데 얼굴은 예전하고 같았다. 창식은 특성화 고등학교에 진학했다. 내가 영어 단어와 일어 단어를 외울 때, 창식이도 영어 단어와 일어 단어를 외웠다. 차이가 있다면 창식은 그 단어들을 쓰면서 요리를 했다. 창식이 엄마가 슈퍼에 와서 하고많은 학교 중에 요리고등학교라니, 그게 말이 되냐고 거품을 물었는데 그때 엄마는 팔짱을 낀 채 내가 외국어고등학교에 입학한다고 알려 주었다. 창식이 엄마는 "선혜가 어딜 갔다고요?" 하고 되물었고, 엄마는 호탕하게 웃으며 "최강외국어고등학교. 다시 말해 주까요?" 하며 창식이 엄마 코를 납작하게 눌렀다고 내게 자랑했다.

창식이 입을 열었다.

"학교는 어때, 친구는 많이 사귀었어? 먹는 건 어때?"

한꺼번에 많은 질문들이 와르르 쏟아졌다. 걸걸한 목소리에 튀어나온 목젖이 창식도 어른이 되고 있다는 걸 드러내고 있었다. 창식이 묻는 질문들은 내가 대답할 사이도 없이 이어졌다. 그런데 그 질문들이 봄바람처럼 나를 감쌌다. 그 말들 뒤에 숨은 또 다른

89

말, "잘 지내는 거지?" 이런 말이 입을 통하지 않고 마음에서 마음으로 전해졌다. 숨 막힐 것처럼 차갑던 공기가 조금 데워지는 것 같았다.

"또 바나나 우유?"

"응, 이게 제일 맛있어. 너도 마실래?"

"아냐, 나는 됐어."

"그래? 너도 마실 줄 알았는데. 아, 참. 전화번호 바꿨니?"

창식이 바지 주머니에서 휴대폰을 꺼냈다.

"아니, 안 바꿨는데 왜?"

"나는 바꿨거든. 너한테 문자 몇 번 보냈는데 답이 없더라."

창식이 휴대폰으로 다시 문자를 보냈다. 내 휴대폰은 반응하지 않았다. 짚이는 데가 있었다.

"잠깐, 번호가 몇 번이야?"

또박또박, 창식이 알려 주는 번호를 듣는데 눈이 시렸다. 내가 스팸 처리한 그 번호였다. 내가 창식이 번호를 스팸 해지하는 동안 창식은 바나나 우유를 쪼옥 소리 날 때까지 빨대로 마셨다. 그러고는 빈 우유 통을 휴지통으로 툭 던졌다. 우유 통이 휴지통에서 벗어나 가게 쪽으로 데구르르 굴렀다.

"뭐야, 이것도 못 해?"

"아니야, 실수했어, 실수라니까."

창식이 굴러간 빈 통을 주워 다시 던졌다. 이번에도 제대로 들어가지 않았다.

"왜 이러지?"

귓불까지 빨개진 창식을 보자 웃음이 나왔다. 깔깔도 아니고 껄껄도 아니고 소리가 나지 않는, 입술만 벙싯거리는 그런 웃음이었다.

이제야 집에 돌아온 것 같았다.

검정 스타킹

급식 시간이었다. 오전 내내 아팠던 머리를 식히는 동시에 고픈 배를 채우는 시간이다. 그리고 밥을 함께 먹는 자리에는 온갖 이야기가 날것으로 돌아다닌다. 친구들 머리 모양, 여드름 크기, 새로 나온 화장품, 드라마, 예능 프로그램, 선생님 험담과 하소연, 소문까지 풍성하게 식탁을 채웠다. 음식을 같이 먹으면 상대방을 더 잘 알 수 있고 경계심이 약간 풀어진다. 아마 지애도 나를 식탁에서 처음 만나지 않았더라면 자기 이야기를 허심탄회하게 털어놓지 않았을 것이다.

지애와 가영, 내가 한자리에 앉아 있는데 수겸이 식판을 들고 왔다. 나는 손가락을 쥐었다 폈다 했다. 오후에 영어 수업이 들었는데, 깜박 잊고 깜지를 쓰지 않아 쉬는 시간마다 썼다.

"그러게 미리미리 공부하랬잖아."

가영이 걱정스럽게 손가락을 바라보았다.

"말도 마. 영어는 깜지에 목숨 건다니까. 겨우 몇 개 틀린 걸로 공부에 담 쌓은 애 취급했어. 존심 상해."

그러자 가영이 내 어깨에 손을 올렸다.

"친구, 겨우 몇 단어가 아니라 반타작했잖아. 열 개 이상 틀리면 깜지 세 장이랬는데, 또 귓등으로 흘렸지?"

"누가 진짜 그렇게 시킬 줄 알았냐고. 봐, 손이 부들부들 떨리잖아."

깜지는 A4 용지에 0.5cm 테두리가 사방으로 쳐진 종이에 채운다. 제일 위 테두리에 반과 번호 이름을 쓰고 나면 0.5cm 높이로 빼곡하게 그어진 줄과 만난다. 깜지는 그 줄 안을 까맣게 보일 정도로 글씨로 채워서 제출하는 종이다. 완성된 깜지는 테두리만 희고 나머지는 까만, 그야말로 까맣게 변한 종이다. 지각을 하면 깜지 한 장, 이유 없이 야자를 빼먹으면 깜지 두 장, 쪽지 시험 성적이 나쁘면 점수별로 깜지를 썼다.

내가 깜지를 세 장 써야 한다면 가영은 한 장도 쓰는 일이 드물었다. 가영은 일어과 전체에서 일어 성적이 제일 좋았다. 성적표가 나왔을 때 죽는소리를 했던 이유는 백점을 바랐는데 한 개 틀렸기 때문이었다. 한 개 틀린 걸 갖고 뭘 그러냐고 묻자, 그 여자에게 본때를 보여 주고 싶었을 뿐이라고 대답했다. 날이 갈수록 내가 써야 할 깜지는 늘어났다. 영어 단어를 못 외워서, 일어 문장이 꼬여서, 수학 문제를 잘못 풀어서, 깜지를 써야 하는 이유는 모두 똑같았다. 성적이 다른 친구들보다 뒤처지기 때문이다. 중학교 때까지 내 성적은 상위권을 맴돌았다. 반에서 1,2등을 놓친 적이 없었고 전교에서도 10등 안에 꼭 들었다. 그랬는데 여기서는 아무 소용이 없다. 어쩌면 마음을 제대로 먹으면 따라잡을 수 있을 텐데 공부가 재밌지 않았다. 공부 말고 다른 것도 마찬가지였다. 나는 그저 친구들과 같이 어울리고 밥 먹고 수다 떠는, 일상이 더 좋았다. 다른 건 모두 관심 밖이었다.

"어제 내가 뭘 알아냈는지 알아?"

수겸이 말을 던졌다. 숟가락을 입에 문 가영이 뭘 알아냈냐는 듯 고갯짓을 했다.

"그 성폭행 당했다는 애 말이야, 누군지 안 궁금해?"

밥이 가득 담긴 내 숟가락이 탁자 위로 떨어졌다. 다시 줍는 내 손끝이 떨렸다. 지애가 그 숟가락을 주워 내 손에 들려 주었다. 지애 손도 떨리고 있었다.

"그러니까 내 말은, 더 깊게 파 보자고. 지금 우리 학교 핫 이슈잖아. 과연 누가 스캔들을 일으키는 주인공인지 궁금하다니까."

수겸이 눈빛을 반짝이며 손을 턱에 괴었다. 가영이 코웃음을 치며 대답 대신 수겸이 식판에 놓인 비엔나소시지를 젓가락으로 찍었다.

"밥이나 드셔."

쉽게 물러날 수겸이 아니었다. 어떤 소문이 생기면 그 소문을 뿌리까지 파헤쳤고 속속들이 그 소문을 알고 난 다음에야 깨끗하게 돌아섰다. 수겸에게 걸린 소문은 모두 끝장을 봤다. 2학년 영어과에서 발견된 약병이 어디에 쓰인 건지 알아낸 것도 수겸이었다. 손바닥에 들어갈 만한 약병에 약이 반 남았는데, 그 약은 **ADHD**, 즉 주의력결핍 과잉행동장애를 앓는 사람들이 먹는 것이었다. 산만하게 왔다 갔다 하는 행동을 고치는 약이었는데, 그런 증상을 보이는 학생은 그 반에 없었다. 그럼에도 불구하고 약이 발견되었다는 소문을 듣자 수겸이 행동을 개시했다. 수겸은 환자가 아닌 사람들이 그 약을 먹으면 잠을 자지 않아도 끄떡없다는 사실을 알아냈다. 스트레스가 점점 심해지는 고학년일수록 그 약을 몰래 구해서 먹는 게 틀림없다고 쐐기를 박았다. 우리는 수겸이 말에 고개를 끄덕였다. 그런 약을 먹는구나, 다음에는 나도 한번 먹어봐야지, 약에 의존하는 건 바보들이나 하는 짓이야, 다양한 반응들이 나왔다.

"어쨌든 내가 알아낼 거야. 두고 봐."

지애가 끼어들었다.

"그러지 마. 만약 진짜 우리 학교 학생이라고 쳐. 그럼 그 애가 받을 상처는 생각 안 해?"

지애가 숟가락을 빙빙 돌렸다.

"상처? 나는 그냥 진실을 알고 싶을 뿐이야. 내가 원하는 건 그거라니까."

"그만해."

지애가 자리에서 일어났다. 식판에 남은 음식을 채 다 먹기 전이었다. 지애가 먹는 밥은 점점 줄어들었다. 뭔가 잘 안 풀리는 눈치였다. 지애는 내가 곤란한 일을 겪으면 발 벗고 나서는데, 나는 정작 지애가 무엇 때문에 힘든지 잘 몰랐다. 속상했다.

그날 식당에서 수겸이 했던 말은 진심이었다. 수겸은 이 반 저 반 돌아다니며 단서를 찾아다녔다. 예전에는 그저 소문을 물어 오는 제비 같았는데, 이제는 형사처럼 정보를 캐는 데 혈안이 되었다. 수겸은 정보만 캐는 게 아니라, 자기가 캔 정보 일부를 다른 사람들에게 흘렸다.

다시 금요일이 다가왔다.

급식을 다 먹은 지애가 나를 학교 뒤편 분리배출장으로 불러냈다. 생활 쓰레기와 분리배출된 쓰레기, 음식물 쓰레기 냄새가 뒤엉켜 기분 나쁜 냄새가 가라앉아 있었다.

"너 그 검정 스타킹 언제까지 신을 거야?"

지애는 하복을 입고 있었고, 나는 춘추복에 검정 스타킹을 신고 있었다. 후미진 곳에 불러내 대뜸 한다는 말이 스타킹 타령이라니 어이가 없었다.

"야, 여긴 민주주의 사회야. 내가 검정 스타킹을 신든 살색 스타킹을 신든 무슨 상관이야?"

"상관있어! 애들이 숙덕거리는 소리 못 들었어? 빈터에서 성폭행 당했다는 애, 그 애가 1학년이고 학교를 하루 결석했다는 데까지 이야기된단 말이야."

눈앞이 핑핑 돌았다. 누군가 내 일을 알고 있다. 그리고 잘못된 정보를 흘렸다. 소문은 누군가 흘려야 난다. 처음 그 소문을 낸 사람을 찾고 싶었다. 찾아서 내가 잘못한 일도 없는데 왜 이런 일을 당해야 하는지 묻고 싶었다.

"가만있지 마, 이 멍충아. 그냥 맞기만 했잖아. 안 그래?"

나는 더 듣고 싶지 않았다. 뒤돌아선 내게 지애가 버럭 소리를 질렀다.

"이 돌대가리야!"

나도 말하고 싶다. 나는 그냥 맞기만 했다고, 그날을 생각하면 끔찍하고 괴롭다고, 공부만 할 수 있게 걱정이 없었으면 좋겠다고, 남자들을 믿을 수 없다고, 내 마음이 얼어붙었다고, 추워서 미칠 것 같다고 털어놓고 싶다. 그런데 그날을 생각하면 입이 딱 달라붙었다. 그날 내 생각 주머니까지 팡 터져 버린 듯했다. 그리고 아무 일도 없었다고 윽박지르는 엄마 말과 누군지 꼭 찾아내겠다는 수겸이 의지까지 겹쳐져 더 그랬다. 쉽사리 말을 꺼냈다가는 오히려 긁어 부스럼을 만들 수도 있었다.

내가 털어놓는다면 그건 모든 사람들 앞이 아니라 단 한 사람, 나를 진짜 이해하고 위로해 줄 수 있는 사람 앞에서 하고 싶었다. 세상 모든 남자가 그런 건 아니야, 난 너를 이해해, 그러면 추위도 가시고 얼음도 녹아내릴 것 같았다.

그때 어떤 남자가 쓰레기 냄새로 가득 찬 내 머릿속에 들어왔다. 그 남자는 더럽고 고약한 냄새를 서서히 지웠다. 세상이 아무리 더럽고 치사하고 힘들다 해도 남들이 하는 만큼 나도 해 보고 싶었다. 소문 따위에 먹히고 싶지 않았다.

나는 곧바로 문자를 보냈다.

'선혜예요, 혹시 토요일에 시간 있으세요?'

갑자기 볼이 발갛게 달아오르면서 후텁지근한 공기가 느껴졌다. 추위가 가실 것 같은 기대에 가슴이 콩콩 뛰었다.

문자

담임은 말을 아꼈다. 하고 싶은 말이 많지만 꾹꾹 눌러 담는 눈치였다. 담임이 무슨 말을 하고 싶어 하는지 알았지만 나도 입을 닫았다.

"아이큐도 좋으니까 조금만 더 노력해 봐."

이 말은 너는 머리가 좋지만 노력하지 않는다는 뜻이다. 나름 잘 나가던 정선혜가 이런 말을 듣는다는 사실을 엄마가 알면 게거품을 물고 쓰러질 일이다. 그런데 정작 나는 아무렇지 않았다. 입학해서 지금까지 나는 늘 모자라고 부족했다. 방학마다 일본으로 여동생과 배낭여행을 떠난다는 함태준, 교과서에 나오는 일본 지명에 거의 다 가 보았다는 이수겸, 일본은 모르지만 미국은 자신

있다는 친구들, 이런 친구들 이야기에 나는 끼어들 수 없었다. 내가 가 본 일본은 수학여행을 간 오키나와가 전부였다. 무얼 어떻게 하면 이런 친구들 사이에서 내가 버틸 수 있는지 담임에게 묻고 싶었다. 담임이 담당한 영어 수업 시간에도 나는 입을 떼지 못했다. 친구들이 영어로 농담을 주고받을 때 나는 그 농담을 알아듣지 못했다. 내가 배운 영어는 책에 나온 것뿐이었는데, 친구들이 쓰는 영어는 책에 나오지 않는 것들도 있었다. 게다가 '주홍글씨'나 '바람과 함께 사라지다'를 영어로 읽은 가영과 같은 친구도 있었다. 나는 뛰어난 친구들 틈에 섞인, 하찮은 아이였다. 나도 반짝반짝 빛날 때가 있었다. 그런데 지금은 그때가 언제인지 가물가물했다.

"혹시…… 뭐 문제가 있는 건 아니지?"

"……."

"선혜야."

"더 열심히 하겠습니다."

"그래, 지켜볼게."

교실로 돌아왔다.

가영이 책상에 엎드려 있었다. 처음에는 낮잠을 자는 줄 알았다. 그런데 가영이 어깨가 오르락내리락했다. 흐느끼는 소리가 팔뚝 너머로 흘러나왔다.

"박가영, 너 울어?"

"아무것도 아니야."

고개를 들지 않은 채 울음소리가 더 커졌다. 가영이 이렇게 소리 내어 우는 것은 처음 보았다.

"야, 박가영. 혹시 고니 때문이야?"

혹시나 해서 짚었더니 역시나였다. 가영이 고개를 들었다. 눈물 콧물이 범벅된 데다 씨씨크림까지 얼룩져 엉망이었다.

"오늘 아침에 문자가 왔는데 고니가 글쎄, 흑흑, 남자를 볼 때 어디부터 보냐고 묻잖아."

"그래서?"

"당연히 얼굴이라고 했지. 그랬더니 나더러 속물이래. 진작부터 알았다면서. 흑흑흑, 속물이래!"

나는 무조건 가영이 편이었다. 성곤이 초절정 꽃미남이라 해도 가영이 아니라고 하면 아닌 거다. 오징어 쭈꾸미 같은 녀석이 가영이더러 속물이라고 하다니 화가 치밀었다.

"아니, 속물은 뭐가? 걔가 진짜 사람 볼 줄 모르네. 너 같은 애랑 사귀는 걸 감지덕지해야지."

눈물로 얼룩진 얼굴에 웃음이 번졌다.

"그치, 그치? 고니가 잘못한 거지?"

"당연하지. 이제 그만 울어."

"고마워, 선혜야."

울음을 그친 가영이 거울을 들여다보며 어머어머, 이런 얼굴을 어떻게 들고 다녀, 하더니 화장실로 뛰어갔다. 남자를 볼 때 얼굴부터 본다, 참 이상한 말이었다. 생각해 보면 나도 그럴 때가 있었다. 드라마나 영화에 등장하는 꽃미남들을 보면 잘생긴 얼굴에 홀딱 반해 그 옆에 있는 여배우들을 발로 뻥 차고 싶었다. 그런데 지금은 아니다. 나는 남자를 얼굴부터 보지 않는다. 나는…… 성기가 있는 곳부터 본다. 보려고 하지 않아도 저절로 눈이 간다. 저 남자도 바지 아래 감춰졌던 욕망이 갑자기 불끈 솟아오를까 궁금했고, 나에게 그 욕망이 폭발할까 두려웠다. 이런 생각을 하는 내가 역겨웠다. 나도 가영처럼 얼굴부터 보고 싶었다. 미치도록 그러고 싶었다. 그래서 더욱 나도 제대로 된 연애를 하고 싶었다. 나를 자기 욕구를 채우는 도구가 아니라 마음을 나누는 짝으로 여기는, 그런 남자를 만나고 싶었다.

3교시는 영어 시간이었다.

담임이 하는 질문을 놓치고 그 벌로 깜지 한 장을 받았다. 담임에게 나는 노력하지 않는 한심한 학생으로 보일지도 모른다. 쉬는 시간에 깜지를 썼다. 이제 깜지 한 장 채우는 건 식은 죽 먹기였다. 첫 부분은 교과서에 나오는 영어 문장을 쓰고, 중간 이후부터는 팝송 가사를 쓰고, 후반에는 다시 영어 문장을 썼다. 깜지가 점점 벌이 아니라 일상이 되고 있었다.

점심시간에 꺼 두었던 휴대폰을 켰다. 문자가 한 통 와 있었다.

'오늘 실습한 거야. 감자를 익혔어야 했는데 생감자로 했더니 약간 설익었어. 그래도 맛은 좋더라. 너 감자 피자 좋아하지?'

창식이 보낸 문자였다. 감자 피자가 클로즈업 된 사진이 첨부되어 있었는데, 겉보기에는 그럴싸해 보였다. 내가 감자 피자를 좋아하는 걸 어떻게 알았지, 창식에게 말했던가, 아니면 언제…… 맞다, 같이 학원 다닐 때 피자를 먹은 적 있었다. 내가 영어 쪽지 시험에서 만점을 받자 어려운 문제를 잘 풀었다며 선생님이 피자를 시켰다. 페퍼로니 피자였는데, 나는 한 쪽만 먹었고 다른 친구들이 남은 피자를 거의 다 먹었다. 왜 안 먹느냐고 학원 샘이 물었을 때 감자 피자를 더 좋아해요, 페퍼로니는 짜서 싫어해요, 하고 대답했다. 창식은 참 별걸 다 기억한다.

"뭐야, 누가 보냈어?"

지애가 내 휴대폰 화면을 들여다보았다.

"너 감자 피자 좋아하지? 남자야?"

앞자리에 앉은 수겸이 휴대폰을 낚아챘다.

"어머어머, 이 닭살 멘트! 얘는 누구야?"

"친구야."

"남자 친구?"

"남사친이야. 남자 사람 친구. 넘겨짚지 마."

수겸이 허튼 생각을 하지 않도록 미리 못을 박았다. 요즘 수겸은 캐고 다니는 소문이 더 이상 실속이 없어 풀이 죽어 있었다. 전학 간 여학생들을 뒷조사하는가 싶더니, 생각보다 진전이 별로 없었다. 수겸은 소문을 먹고 살았다. 소문이 날 만한 곳을 찾아다니고 소문을 퍼뜨리며 사는 걸 낙으로 삼았다. 소문이 없다면 소문을 만들기도 했다. 그런 수겸에게 새롭게 퍼뜨릴 수 있는 소문거리를 제공하고 싶진 않았다. 수겸이 횡재했다는 듯 환하게 웃고 있었다. 나는 휴대폰을 뺏었다.

"중학교 동창이야. 우리 가게 단골이라고."

수겸이 눈에 생기가 돌았다. 단골이 한둘도 아닌데 유독 얘만 문자를 보내는 이유가 뭐냐, 우리가 모르는 네 취향까지 꿰고 있는 걸 보면 보통 사이가 아니다, 너는 별 관심이 없다 해도 얘는 다를 거다, 정말 이 친구한테 아무 사심이 없어, 꼬치꼬치 캐물었다. 여차하면 나와 창식을 애인으로 묶으려는 눈치였다. 하고많은 남자 중에 하필 창식과 엮는다니, 어처구니가 없었다.

띠링, 문자가 다시 왔다.

수겸과 지애가 내 휴대폰으로 고개를 기울였다. 나는 문자를 확인하지 않은 채 휴대폰을 주머니에 넣었다. 전혀 실용적이지 않은 교복 치마 밖으로 휴대폰이 빠져나왔다. 수겸이 그걸 낚아채려는 듯 손을 슬며시 뻗었다. 나는 젓가락으로 수겸이 손을 쳤다.

"야, 이거 프라이버시 침해야. 너는 친구지만 남자인 애 없어?"

수겸이 코웃음을 쳤다.

"남자하고 어떻게 친구가 돼?"

"얘는 진짜 그냥 친구야."

식판에 놓인 감자조림을 젓가락으로 집어 입에 넣었다. 창식이가 만든 감자 피자가 설익은 것처럼 감자조림도 속까지 익지 않았다. 가영은 이런 감자조림을 먹으려고 급식비를 낸 건 아니라고 투덜댔고, 수겸은 감자조림이 익지 않은 이유가 따로 있을 거라고 심각한 표정을 지었고, 지애는 익든 안 익든 배만 채우면 그만이라고 했고, 나는 창식처럼 난감해할 조리사를 생각했다.

식판 하나를 뚝딱 해치우는 데 십 분이 채 걸리지 않았다. 식후 커피는 문화인이 마땅히 해야 할 일이라는 가영에게 수겸이 동참했다. 둘이 사라진 탁자에 나와 지애가 남았다. 지애가 휴대폰 액정을 들여다보고 있었다. 처음에는 심각한 표정으로 문자를 보내더니 차츰 표정이 밝아졌고 배시시 웃기도 했다. 지애는 사귀는 사람이 있다는 말을 하지 않았다. 하지만 분명히 뭔가 있다. 환하게 밝아진 얼굴, 입가에 흐르는 미소가 그 증거였다.

나는 휴대폰을 꺼냈다.

'그래, 토요일에 보자.'

의자에서 벌떡 일어났다. 입꼬리로 미소가 흘러나왔다. 토요일에 보자, 고마워요, 민석 선배, 행복했다.

학생증

민석이 하루에 한 번 문자를 보냈다. 처음 보낸 것은 점심시간이었지만 그다음부터는 저녁 10시마다 문자를 보냈다. 알람을 맞춰 놓거나 예약을 걸어 놓고 문자를 보내는 것처럼 한 치 어긋남이 없었다. 특별한 내용이 별로 없는 밋밋한 문자였다. 그러나 내문자에는 차츰 감정이 실렸다. 처음 민석 선배를 봤을 때 어땠는지, 문자를 받았을 때 어땠는지 시시콜콜 이야기했다. 그러다 문득, 내가 좋아하는 만큼 민석이 나를 좋아하는 게 아니라는 의문이 들었다. 내가 감정을 실어 보낸 문자에 전혀 반응하지 않았기 때문이다. 내가 민석과 주고받는 문자가 차가운 물이라면, 가영과성곤이 주고받는 카톡은 따뜻한 모닥불 같았다. 서로 감정을 주고받는 데 스스럼이 없었고 가영이 무심코 던진 말에 성곤이 성심성의껏 반응했다. 나는 민석과 살가운 문자를 주고받고 싶었다. 그러나 민석은 그럴 마음이 없는 듯했다. 서두르지 말자, 내 마음이 진심임을 보여 주자, 그럼 언젠가는 내 마음을 알아주겠지. 하지만 왜, 나는 지애가 말할 때까지, 민석이 내 마음을 알아줄 때까지, 늘 기다리기만 하는 걸까. 내가 아무리 진심을 갖는다 해도 그 진심이 통하지 않는다면 무슨 소용이 있을까. 정말 진심이 통하기는 하는 걸까.

가영이 성곤과 첫키스를 했다고 자랑했다. 생각보다 별 느낌이 없어서 당황했는데, 그건 성곤도 마찬가지였다고 했다. 성곤은 아마 자기가 서툴러서 그럴 거라고 했고 가영은 이럴 리가 없는데, 진짜 성곤을 좋아하는데 왜 아무 느낌이 없을까, 괴로웠다고 했다. "그렇게 좋아?" "응, 좋아. 좋은데 왜 이런지 모르겠어. 나는 걔 정말 좋아하는데 이상했어. 근데 또 하고 싶더라. 그게 키스가 갖는 매력일까?" 가영이 말이 잘 와닿지 않았다. 남자랑 살을 맞닿을 수 있다는 게 신기했고, 그럼에도 느낌이 없어 당황했다는 말이 이해되지 않았다. 그게 왜 좋은지, 왜 또 하고 싶은지, 나라면 끔찍할 것 같은데, 온몸을 후벼 파고 싶을 정도로 소름 끼칠 것 같은데, 정말 좋으면 그게 가능할까, 나도 그렇게 할 수 있을까, 그럴 수 있을까.

문자를 주고받는데도 불구하고 아직 민석과 마주치지 못했다. 민석이 마음먹고 한 층만 내려오면 나를 볼 수 있고, 내가 한 층 올라가면 민석을 볼 수 있는데도 그랬다. 내가 처음 봤던 민석 얼굴이 가물가물 잘 떠오르지 않았다. 그에 비하면 창식은 달랐다.

창식이 실습한 요리들을 사진으로 찍어 자주 보냈다. 게살을 발라내 양념을 한 뒤 다시 게딱지 안에 집어놓고 계란물 입혀 부친 다음, 그걸로 찌개를 끓였다는 게감정 사진을 보자 수겸이 단박에 눈에서 하트를 발사했다. 식판을 앞에 둔 수겸이 숟가락 끝으로 탁자를 콩콩 찍었다.

"얘 아직 여친 없어?"

"그건 잘 모르겠는데, 왜?"

"없으면 나 소개시켜 줘. 나는 요리 잘하는 남자 만나고 싶어. 얼굴이 어떻게 생겼어? 셀카 좀 찍어서 보내라고 해."

수겸이 착 달라붙어서 보챘다. 나는 창식에게 친구가 궁금해한다며 사진을 보내 달라고 했다. 금방 답장이 왔다. 게감정을 그릇에 담고 활짝 웃는 창식이 화면에 가득 찼다.

"꺄악! 진짜 귀엽다. 나 이런 스타일 좋아."

수겸이 숨넘어갈 듯 소리쳤다. 가영과 지애가 휴대폰을 들여다보았다. 가영은 성곤만 못하지만 나름 귀엽다고 평가했고, 지애는 피식 웃었다.

"소개시켜 줘, 응, 응?"

수겸이 좋아하는 스타일이라, 나는 어떤 스타일을 좋아할까, 사람을 스타일로 골라서 만날 수도 있구나, 자기한테 맞는 사람으로 골라서 만나고 사귈 수도 있구나, 나는…… 과연 그럴 수 있을까, 어쩌면 그럴 수 있을지도 몰라, 적어도 민석과 문자는 주고받잖아, 그러니 언젠가는 그럴 수 있겠지.

창식에게 문자를 보냈다.

'내 친구가 너 귀엽다고 소개시켜 달래.'

띠링, 답이 왔다.

'좋아하는 사람 있다고 전해 줘.'

수겸이 입술을 삐죽 내밀었다.

"순 나쁜 남자 아냐? 좋아하는 사람 있는데 너한테 살갑게 문자를 보내고. 혹시 너 좋아하는 거 아냐?"

"뭐? 푸하하하."

입에 들었던 밥과 반찬이 뿜어져 수겸이 얼굴로 쏟아졌다. 수겸이 기겁을 하며 손으로 밥풀을 털어 냈다.

"아니거든, 진짜 아니야."

"아님 말지, 엄청 오버한다, 너. 진짜 아니지?"

"아니야. 그 학교에 여자 애들도 많아. 거기서 한 명 사귀나 봐."

창식에게 문자 좀 그만 보내라고 하고 싶었다. 그러나 그 말은

110

전하지 않았다. 중학교 동창 중에 문자를 보내는 남자 친구는 창식이 하나였다. 아니, 남학생들 중에서 창식만큼 다정하게 보내는 사람은 아직 아무도 없었다. 창식이 나에게 감정이 있든 없든 그건 중요하지 않았다. 적어도 창식이 문자를 보면 마음이 설레었다. 창식이 반만큼이라도 민석이 다정하게 문자를 보내 줬으면, 이건 창식이 문자가 아니라 민석이 보낸 거다, 그랬으면 좋겠다, 별의별 생각을 다 했다.

"애들아, 내가 좀 알아봤는데 말이야."

수겸이 눈빛을 반짝였다.

"뭘?"

"그 여학생 말이야, 누군지 곧 알아낼 것 같아."

지애가 물었다.

"어떤 여학생?"

"아이 참, 성폭행 당했다는 개. 내가 소식통을 여러 개 띄웠거든. 그중 한두 개가 작동하기 시작했어."

목구멍을 넘어가던 밥이 곤두섰다. 나는 푹 하고 밥을 뱉어 냈다. 사래가 들렸나, 가영이 내 등을 두드렸다. 지애와 나는 불안한 눈빛을 교환했다. 아닐 거야, 내 이야기는 아닐 거야, 그렇지? 지애가 눈으로 말했다. 불안해하지 마, 그날 일은 고시텔 선배들도 모르잖아, 네가 결석한 것도 몰라, 그러니 잘못 짚은 거야. 더는 밥을 넘길 수 없었다.

불안한 마음을 지훈이 알아보았다. 무슨 일 있어? 없어. 잠깐 볼래? 왜? 카톡 상메도 그렇고, 내가 불안해. 그전에는 카톡 상태 메시지가 '깜지 여왕', '아이큐짱'이었는데, '……'로 달라졌다. 아무 일도 없어, 그냥 귀찮아서 그래. 정말 별일 없지? 그래. 간단하게 주고받은 카톡이었지만 지훈이 걱정한다는 사실이 나를 살짝 설레게 했다.

민석이 보낸 문자를 볼 때 설레는 마음이 10이라면 지훈이 보낸 카톡은 2, 창식은 4였다. 내게 문자나 카톡을 보내는 남자들이 셋이나 되는데 아직 진정한 남자 친구를 못 찾았다. 그럼에도 불구하고 마음은 민석에게 쏠렸다. 민석도 나처럼 내 문자를 보면 가슴이 두근거릴까, 내가 보고 싶을까, 아니, 그것보다 학교에 도는 소문을 민석도 알까, 그게 나라는 걸 알면 안 되는데, 설렘과 두려움이 교차했다.

종례 시간이었다.

정규 수업이 끝나면 종례를 한다. 그리고 야자를 한 시간 하고 석식을 먹은 다음 다시 야자를 해야 한다. 다른 날과 똑같이 지루한 설교가 시작되고 끝났다. 이제 야자를 누가 빠지는지 점검하면 끝난다. 그런데 갑자기 담임이 내 이름을 불렀다. 이런 경우는 드물었기 때문에 반 친구들 시선이 모두 내게 쏠렸다. 엉거주춤 일어난 내게 선생님이 말했다.

"학생증이 교무실로 왔더라. 여기, 가져가라."

담임이 학생증을 손에 쥐고 흔들었다.

새로 만든 학생증은 내 지갑 안에 있다. 그런데 무슨 학생증일까, 나한테 학생증이 또…… 설마, 그날, 그 학생증? 침이 말랐다. 앞으로 나가야 하는데 몸이 뻣뻣하게 굳어 말을 듣지 않았다. 일어선 채 가만히 서 있는 나를 가영이 슬쩍 밀었다. 떠밀리듯 앞으로 나가 학생증을 받았다. 지금 내가 가진 것과 똑같은, 그러나 아무 일도 일어나지 않았던, 모든 것이 밝고 희망찼던 그때 만든 학생증이었다. 손이 부들거렸다. 눈앞이 하얗게 변하고 친구들 목소리가 들리지 않았다. 우주 공간에 나 혼자 둥둥 떠 있는 것처럼 몸이 힘없이 꺾였다. 다시 그 목소리가 들렸다. 저우와 서우와 하우와, 이건 꿈이다, 꿈이다, 아주 지독한, 다시는 꾸고 싶지 않은 악몽이다. 나는 담임 품에 안긴 채 정신을 잃었다. 얼음덩어리 속에 갇힌 것 같았다. 살고 싶었다, 살고 싶다.

스위치

최강외고 학생들이 기절하는 일은 잦았다. 운동량이 부족하고 해야 할 공부는 많기 때문이며, 특히 면담 이후에 공부를 더 하려는 의지를 보였기 때문이 아닐까, 하고 담임이 나를 안쓰럽게 보았다. 별일 아닌 것처럼, 늘 그런 일은 있으니까, 나도 별일 아니라는 듯 담담한 척했다.

쓰러진 날, 지애가 고시텔 공동 주방으로 불러냈다.

"무슨 일 있지, 그치?"

"……."

"선혜야."

"그날, 잃어버린 거야."

"그날? 어떤…… 아…….

지애는 단박에 알아들었다. 잡고 있던 내 손을 쓰다듬더니 아예 옆자리로 와 나를 꼭 껴안았다. 꾹꾹 눌러두었던 덩어리 하나가 팍 하고 터졌다. 터진 덩어리가 눈으로 몰려와 아래로 쏟아졌다. 언제든 누군가 건드리기만 하면 폭발할 듯 내 속에서 부글부글 끓던 얼음 화산이 터졌다. 공동 주방에 들렀던 선배들이 왜 우냐고 물었고 지애는 자기랑 싸웠다고 둘러댔다. 별일 아니라고, 그냥 그건 학생증일 뿐이라고, 지애가 속삭였다. 아마 그 남자가 학생증이나 가방을 갖고 있던 게 아니라 버렸고, 그걸 주운 사람이 학생증을 학교로 보낸 걸 거라고 위로했다. 그 어떤 위로도 소용없었다. 나는 안다. 창식이 문자에 즐거워하고 지훈과 카톡을 주고받고 민석이 보낸 문자에 설레었지만 그걸로 내 마음을 가득 채운 얼음을 녹일 수 없다는 걸. 내 몸을 친친 감싼 얼음이 점점 더 두껍게 얼고 있다. 마지막까지 남아 있던 설렘과 포근함도 곧 얼음에 먹힐 것이다. 그렇게 되기 전에, 더 추워지기 전에, 얼음에 질식하기 전에, 방법을 찾아야 한다.

어둠은 늘 머물러 있다. 대낮에도 어둠은 햇빛이 들지 않는 곳에 몸을 움츠리고 숨어 있다. 시간이 지날수록 제 덩치를 굴려 마침내 햇빛이 사라지면 당당하게 몸을 드러낸다. 어둠에 집어삼켜지지 않으려면 스위치를 켜야 한다. 그런데 나는 아직 스위치를 찾지 못했다. 사방이 어두운 얼음벽이고 스위치를 찾으려 애를 쓰면 쓸수록 점점 더 추웠다. 교복이 정말 차갑다, 스타킹을 더 두껍게 신을 수 없을까, 안에 내복을 껴입을까, 나는 추운데 애들은 왜 덥다고 할까, 땀 한 방울 나지 않는데 태준은 무슨 땀을 저리 흘릴까, 에어컨은 왜 켜 달라고 할까, 날 얼려 죽일 셈인가, 다들 왜 이럴까.

내가 잃어버린 학생증을 다시 찾은 일은 더 이상 커지지 않았다. 대신 엉뚱한 일이 터졌다. 수겸이 호들갑스럽게 전한 소문은 이랬다. 전학 간 1학년 여학생 중 한 명이 틀림없다, 그 여자애가 갑자기 전학을 갔는데 개인적인 사정 때문이라고 했지만 연락이 닿지 않는다, 영어과 학생 한 명이 그 여자애를 마트에서 봤는데 몹시 뚱뚱해졌단다. 수겸이 들었던 내용은 이랬다. 그런데 수겸이 여기에 살을 붙였다. 아마 그 여자애, 성폭행을 당하고 임신을 했는데 전학을 가서 그 사실을 알게 되어 자퇴했을 거다, 곧 출산했다는 소식을 듣거나 그 애가 아이를 안고 다니는 걸 볼 수 있다, 아직 어린데 아기 엄마라니 참 안됐다, 수겸이 혀를 끌끌 차며 덧붙인 말은 삽시간에 학교 전체로 퍼졌다. 오전에는 별일 아니었던 내용이 오후가 되자 그 여학생 이름이 입에서 입으로 전해졌고 사는 동네와 친한 친구들 이름도 알음알음으로 전해졌다. 알고 보니 가영과 같은 동네에 살고, 지애와 중학교 동창인 친구와 친했던 아

116

이였다. 어쩌면 점심과 저녁을 먹을 때 식당에서 마주쳤던 사이일 수도 있고 반 대항 피구를 할 때 나를 맞힌 여학생일 수도 있다. 그리고 어쩌면, 그 여학생 이름이 아니라 내 이름이 입과 입 사이로 오르내릴 수도 있다.

살얼음판을 걷는 것처럼 불안했다.

이틀 뒤, 또 다른 소문이 돌았다. 이번에는 2학년 전학생이었다. 그 학생은 꽤 예쁘장해서 남자 친구들이 끊이지 않았다, 남자 친구가 빈터 근처에 살았는데 대학생이었고, 사귀다 헤어졌는데 임신을 했다더라, 나날이 배가 불러 오며 곧 휴학할 거다, 어떠냐, 이 정도면 대단하지 않느냐, 수겸이 가슴을 들이밀며 자랑했다. 다른 친구들은 역시 대단해, 너 아니면 누가 이런 이야기를 알아 오겠냐, 명탐정 이수겸, 앞으로도 부탁해, 수겸을 칭찬하고 자랑스러워했다. 그러나 나는 수겸이 입을 열 때마다 조마조마했다. 다음에 나오는 건 내 이름일 거야, 어쩌면 내가 써낸 체험학습지가 가짜라는 걸 알아낼지도 몰라, 수겸이 어디까지 알아낼까. 초조하고 힘든 시간이 째애깍 째애깍 다시 더디 흘렀다.

더 이상 스타킹으로 추위를 가릴 수 없었다. 체육이 든 날은 스타킹을 신고 치마를 입고 그 아래에 체육복 바지를 입었다. 이건 또 무슨 패션이냐며 수겸이 놀렸지만 나는 입술을 일그러뜨리고 억지로 웃었다. 보기만 해도 덥다고 가영이가 핀잔을 해도, 제발 이러지 말라고 지애가 하소연을 하면, 체육 시간에 옷 갈아입기 귀찮다고 대꾸했다. 한 시간 동안 운동장을 뛰고 돌아도 땀 한 방울 나지 않았다. 오히려 초가을처럼 팔뚝에 난 솜털들이 뻣뻣하게 일어나고 추웠다. 체육복 바지를 벗기 싫었다. 그러나 괜한 오해를 사서 소문에 휩싸이고 싶으냐는 지애 말을 듣고 억지로 벗었다. 그래도 스타킹은 벗지 않았다. 남들이 놀리건 말건 내게 검정 스타킹은 나를 보호하기 위한 마지막 수단이었다. 남자들 시선으로부터, 친구들 소문으로부터, 나를 얼리는 모든 것들을 막는 방패였다.

사람들은 자기가 알고 있는 사실이 진실이라고 믿는다. 그러나 진실은 자기가 알고 있는 사실이 진실이 아니라는 걸 깨달을 때 온다. 내가 알고 있는 사실이 지닌 빛과 어두움을 모두 알아야 진실에 접근할 수 있다. 그런데 나는 아직 어두움과 차가움 속에 갇혀 있다. 더 이상 이렇게 지내고 싶지 않았다.

민석이 감정이 실리지 않은 문자를 밤 10시에 보냈다. 나도 한 줄로 답했다.

'내일 야자 후 맛나 떡볶이 앞'

가슴이 벌렁거렸다. 엄마에게 말 안 하고 아이스크림을 꺼내 먹다가 들키지 않기를 바랄 때와 비슷했다. 반응이 바로 왔다.

'알았음'

118

고시텔 좁은 방에서 벌릴 수 있는 만큼 두 팔을 벌린 채 침대에 누웠다. 대단한 일이 벌어질 것 같은 기분 좋은 예감이 들었다. 어쩌면 이게 스위치를 켜는 열쇠가 될지도 몰라. 그 순간, 그 말이 다시 떠올랐다. 두려워하면 안 돼, 근데 정말 창식이가 이 말을 한 걸까, 다른 사람이 했는데 창식이가 했다고 믿는 건 아닐까.

아침밥을 먹었다. 아침 알바를 쉬는 날일 텐데 현이 언니가 보이지 않았다. 지애가 오랜만에 부친 달걀 프라이를 내 밥에 얹으며 현이 언니한테 안 먹겠냐고 물어야 하는데 맥 빠진다며 투덜거렸다. 고시텔에서 먹는 아침은 정겹거나 다정하지 않았다. 다들 등교 준비를 하느라 바빴고 아침밥은 반찬이 뭐든 상관없이 그냥 배를 채우는 도구일 뿐이었다. 한 공간에서 같이 생활해도 선배들과 나는 섞사귀지 못했다. 선배들은 언니가 아니라 '선배님'이었다. '님'을 덧붙이지 않으면 째려보는 선배들도 있었다. 겨우 1년 차이에 뭘 그러냐고 현이 언니가 지적하자 오뉴월 하룻볕이 다르다는데 일 년이 얼마나 큰 차이냐며 간섭하지 말라는 선배도 있었다. 선배를 선배님이라고 부르는 만큼 거리가 생겼다. 그 거리는 친해야 좁혀지는데, 고시텔 선배들과 나는 그 거리가 좁혀지지 않았다. 내가 유일하게 언니라고 부르는 사람은 옆방 현이 언니뿐이었다. 언니는 선배들과 달랐다. 화장시켜 주고 치맛단을 정리해 주고 안아

준, 내 마음을 가장 크게 울린 사람이었다.

학교 갈 준비를 다 마치고 현이 언니 방문을 두드렸다.

"네에, 콜록콜록."

기침 소리가 새어 나왔다.

"언니, 아침 안 드세요?"

"이따 먹을게. 학교 다녀와, 콜록."

쉽게 발이 떨어지지 않았다.

"달걀 프라이라도 해 드려요?"

지애가 농담 삼아 던지던 말이었다.

"……."

"아니면 죽 드실래요? 감기약 챙겨 드셨어요?"

문은 여전히 열리지 않았다. 대신 언니 목소리만 흘러나왔다.

"말만 들어도 기운 나. 내가 챙겨 먹을게. 고마워."

내가 결석하던 날 언니 마음이 이랬을까. 어떻게든 기운을 차리게 하고 싶었다. 언니에게 뭐든 힘이 되고 싶었다. 그런데 어떻게, 무엇을 해야 할까.

고시텔을 나서기 전 총무실에 들렀다. 총무가 두꺼운 책을 들여다보다 나와 눈을 마주쳤다.

"왜, 왜? 무슨 일인데?"

"현이 언니 좀 들여다봐 주세요. 아침을 걸렀어요. 기침도 하고요."

"그래? 많이 아픈가. 그러게 너무 무리하지 말라니까 고집을 부려. 하여튼 왕고집이야, 왕고집."

"달걀 프라이라도 해 드리고 싶은데."

"현이 달걀 못 먹어. 걔 달걀 알레르기 있어."

처음 알았다. 그냥 싫어해서 안 먹는 줄 알았는데 총무가 현이 언니를 생각보다 많이 알고 있었다.

"혹시 죽 끓일 줄 아시면…… 언니 좀 챙겨 주세요. 부탁드려요, 오빠."

총무가 헤벌쭉 웃었다.

"알았어."

총무가 손을 흔들었다. 심드렁하게 자리에 앉아 등교하는 우리들을 지켜보던 것과 사뭇 달랐다.

"궁금한 게 있는데, 남자들은 오빠라고 부르면 좋아해?"

가영이 피식 웃었다.

"당연하지. 남자들은 오빠라면 껌뻑 죽는다니까. 심지어 우리 고니도 나한테 자길 오빠라고 부르라고 해. 겨우 한 달 차인데 웃겨, 진짜."

"어머어머, 진짜? 남친이 오빠라고 부르라고 해?"

수겸이 끼어들었다. 입술을 꼬물거리는 게 금방이라도 그 이야

121

기를 소문으로 전달하려는 듯 보였다.

"그거야 뭐 농담이겠지."

나는 수겸이 관심을 차단시켰다. 누군가 나더러 누나라고 부르면 이상했다. 별 영양가 없는 말에 매달리는 남자들이 희한했다. 자기 동생도 아닌데 왜 오빠 소리를 듣고 싶을까. 정말 좋아할까. 그렇다면 민석도 좋아할까. 선배나 선배님이라고 부르기보다 오빠라고 부르면 거리가 확 좁혀지지 않을까.

영어 시간이 다가왔다. 우리 반에서 영어 시간에 깜지 벌을 제일 많이 받는 사람이 바로 나였다. 엎친 데 덮친다더니, 수업을 시작하자마자 책을 읽어야 했다. 내가 처음 보는 단어들이 꽤 많이 튀어나왔다. 그래도 어떻게든 발음을 따라 읽어 보려 애를 썼다. 떠듬떠듬 읽다 'St. Exupery'라는 단어를 읽을 때였다.

"세인트 이그쥬페리."

선생님이 푸홋 웃고 몇몇 친구들이 히힛 웃었다. 이건 잘못 읽었을 때 나오는 반응이었다.

"세인트 엑슈페리."

웃음소리가 더 커졌다. 조금 전까지 웃음을 억지로 참던 선생님이 헛기침을 했다.

"정선혜, 생텍쥐페리다. 생텍쥐페리."

낯익은 이름이었다. 하지만 이렇게 쓰는 줄 처음 알았다. 담임이 실망하는 표정을 감추지 않았다. 열심히 안 하고 딴청을 부린다고 여기는 것 같았다. 그 뒤로 집중을 할 수 없어 다시 지적을 받고 또 한 번 웃음거리가 되고 깜지 종이를 한 장 받았다.

"정선혜, 기운 내. 그래도 깜지는 좀 심했어."

가영이 내 편을 들어 주었지만 한번 빠진 기운은 쉽게 회복되지 않았다.

"나는 공부가 체질이 아닌가 봐."

"야, 공부가 체질인 사람도 있어?"

뜻밖이었다. 내가 아는 가영은 공부가 체질인 사람이었다. 어려운 문제를 척척 풀어내는 마법을 터득한 사람 같았고 어떤 문장도 가영이 손에 걸리면 쉽게 해석되었다. 영어건 일어건 가영은 막힘이 없었다.

"너도 체질이 아니라고? 웃기셔. 솔직히 일어 성적은 우리 과에서 제일 높잖아. 그런데도 체질이 아니라고?"

"아냐. 나는 그냥…… 목표가 있으니까 필요해서 하는 것뿐이야."

성적이 조금 높게 나올 때부터 내 목표는 외국어고등학교 입학이었다. 고등학교를 졸업하고 좋은 대학교에 진학하는 게 그다음 목표였다. 그런데 엄밀히 따지면 그건 내 목표라기보다 엄마 목표였다.

"목표가 뭔데?"

"엄마한테…… 가려고. 울 엄마가 일본에 있거든. 아빠가 재혼하면서 일본에 갔는데 연락이 끊어졌어. 꼭 대학을 일본으로 가서 당당하게 만날 거야. 엄마가 원하면 같이 살고."

가영은 그 여자가 무슨 말을 해도 다 참는다고 했다. 옷, 화장품, 문구를 그 여자에게 받기는 하지만 기분이 좋지는 않다고 했다. 아직 엄마와 아빠가 왜 이혼했는지 이유를 알지 못한다. 그 여자에게 한번 물어봤는데, 그 여자는 입을 다물었고 그 사실을 안 아빠가 버럭 화를 냈다고 했다.

"부럽다."

"뭐가?"

"어쨌든 목표가 있잖아."

나는 내 목표를 생각해 본 적 없다. 아니다, 생각하고 있다. 늘 생각한다. 내 목표는 내 몸을 친친 감고 있는 얼음덩어리를 녹이고 깨부수는 것이다. 어둠을 물리치고 빛으로 한 발 내딛는 것, 그것 말고 다른 목표는 하나도 중요하지 않았다. 야자가 끝나면 어둠을 물리칠 스위치를 확인할 수 있다. 민석이 스위치이길, 이제 그만 추위에 떨지 않기를.

점심시간에 지애는 밥 한 숟갈을 뜨고 휴대폰, 또 한 술, 휴대폰, 한 술, 휴대폰…… 밥을 거의 다 먹을 때까지 그 행동을 멈추지 않았다.

"전화 올 데 있어?"

"아니야."

지애 식판에는 밥만 비었고 반찬은 그대로 남았다.

"이 돼지불백 내가 먹어도 돼?"

가영이 젓가락을 뻗었다. 지애가 고개를 끄덕였다. 남아 있던 돼지불백이 가영이 식판으로 옮겨 가는 동안에도 지애는 휴대폰에서 눈을 떼지 못했다. 매일 점심시간에 지애가 짓던 행복한 미소가 사라졌다. 나는 아직 누가 지애 남자 친구인지 모르는데, 벌써 끝난 건가, 아니면 혹시 싸운 건가, 물어볼까, 아냐, 좀더 기다리자. 마음속으로 몇 번을 망설이다 엉뚱한 말이 튀어나왔다.

"한지애, 우리 친구지?"

"당연하지."

그래, 지애와 나는 친구다. 좀더 기다리자.

하루가 참 길었다. 야자 마지막 시간은 1분이 10분 같았다. 끝나자마자 가방을 챙겼다.

"어디 가?"

지애가 천천히 가방을 챙기며 물었다.

"어, 문구점에 들렀다 갈게. 먼저 가."

그러자 지애 낯빛이 하얗게 변했다.

"빨리 와. 뒷문 닫히기 전에, 알지?"

"알았어. 걱정 마."

나는 최대한 빨리 맛나 떡볶이 앞으로 뛰었다. 민석이 벌써 와서 기다리고 있었다. 숨을 고르는 내게 민석이 검은 비닐봉지를 내밀었다. 따뜻했다.

"이따가 야참으로 먹어. 떡볶이 좀 샀어."

민석이 보낸 무미건조한 문자와 편지는 비닐봉지처럼 겉포장일 뿐이고, 그 속에는 떡볶이처럼 따뜻한 마음이 숨겨져 있을 것 같았다. 나는 검은 비닐봉지를 받아 들고 교문을 통과했다. 뒷문에 이르기까지 나는 한 마디도 하지 않았다. 뒷문을 통과하자 마음이 급해졌다. 또다시 이런 기회가 올 것 같지 않았다. 무슨 말이든 꺼내야 했다. 하루 종일 할 말을 생각하고 또 생각했다. 그런데 막상 만나자 그 많은 말 중에 어떤 말도 생각나지 않았다. 대신 다른 말을 했다.

"잘 먹을게요, 오빠."

이 말을 하고 싶었던 게 아니었다. 나는 오빠랑 친하고 싶다, 오빠가 내 남자 친구였으면 한다, 내가 확인하고 싶은 걸 오빠가 도와주면 안 되겠냐, 이런 말을 해야 했다.

나보다 한 발 앞서 걷던 민석이 걸음을 멈췄다.

"방금 뭐라고 했어?"

"아니, 그냥 저는……."

126

말 대신 침만 꼴깍 삼켰다. 민석이 바짝 다가왔다. 한 발만 더 다가서면 얼굴이 바투 붙을 정도였다. 나는 숨을 참았다. 혹시 내가 차가운 숨을 쉬게 될까 두려웠다. 그 숨결에 선배까지 얼어붙을까 무서웠다.

"그래, 선혜야. 오빠가 다음에는 떡볶이 대신 영화 보여 줄게."

민석이 하얀 이를 드러내며 웃었다. 쿵쿵쿵, 가슴이 두방망이질 쳤다. 나는 민석에게 대충 인사를 하고 고시텔까지 뛰었다. 1층 현관 앞에 지애가 기다리고 있었다.

"아무 일 없었어?"

"응, 떡볶이 사 왔어."

"떡볶이? 문구점 간다며."

"거기도 갔지."

지애는 더 이상 묻지 않았다. 대신 내 손을 꼭 잡았다. 뒤따라온 민석이 가볍게 인사를 했고 싱긋 웃었다. 그러고는 먼저 계단을 올랐다. 지애가 짧게 한숨을 쉬었다.

"왜 그래?"

"아니야. 얼른 올라가자. 식겠다."

아직 가슴이 뛰었다. 그리고 얼굴이 살짝 달아올랐다. 내 얼음을 녹일 스위치를 제대로 찾은 것 같았다. 잠이 쉽게 올 것 같지 않았다.

맨다리

현이 언니가 아침 알바를 나가지 않았다. 총무 말로는 죽을 끓이겠다는 말도 거절했다고 했다. 저녁에 기침 소리가 점점 더 세지는 걸 보면 몸살감기가 단단히 난 듯했다. 들어가도 되냐는 내 말에, 언니는 감기 옮는다며 안 된다고 했다. 언니 얼굴을 보고 싶어요, 말하고 싶어요, 민석 오빠랑 사귈 것 같아요, 언니는 입이 무거우니까 소문은 나지 않을 거예요, 내 기분이 얼마나 좋은지 말하고 싶어요, 어쩌면 스타킹을 벗고 맨 다리를 드러낼 수도 있어요, 언니, 얼른 나아요, 마음속으로 이 말을 여러 번 했다.

민석은 저녁 10시에 보내던 문자를 때려치웠다. 그 대신 시시때때로 문자를 보냈다. 급식으로 나온 육개장에 고기가 별로 없다는

128

투덜거림부터 무슨 영화를 볼 건지 물어보는 문자까지 내용이 다양했다. 민석이 나를 단순히 고시텔 후배가 아니라 특별한 사이로 여기고 있는 것 같았다. 희한하게도 민석이 문자를 보내는 숫자만큼 창식도 보냈다.

창식이 보낸 문자들에는 실습하는 장면이나 자기가 만든 요리, 실패한 요리 때문에 뿌루퉁한 표정을 지은 사진이 딸려 왔다. 한 번은 쿠키를 굽다가 오븐에 데었다며 팔뚝에 빨간 줄이 그어진 사진을 보냈는데, 괜찮으냐는 말에 '훈장'이라고 답이 왔다.

"어머어머, 훈장이래? 꺅! 얘 진짜 멋지다. 누군지 얘 여친은 참 좋겠다."

호들갑을 떠는 수겸에 비해 나는 심드렁했다.

"여친도 있는 애가 나한테 문자는 왜 자꾸 보내. 내가 얘 여친이면 기분 나쁘겠어."

그러자 수겸이 손바닥으로 내 등을 찰싹 때렸다.

"얘는, 너한테 이러는 걸 보면 자기 여친한테는 더하겠지. 누군지 참 부럽다."

"그런가?"

"너는 남자를 너~무 몰라. 그치, 가영아?"

거울을 들여다보던 가영이 대꾸를 하지 않았다. 콧등에 까맣게 박힌 피지를 없애려고 코팩을 붙인 자리가 빨개졌는데, 정상으로 돌리려고 물에 적신 손수건을 코에 대고 있었다.

　그때 다시 띠링, 문자가 왔다. 민석이었다.

　'이번 토요일에 영화 보자.'

　문자만 받았는데 얼굴이 달아오르듯 발그스름해졌다.

　"뭐야, 걔가 또 보냈어?"

　수겸이 고개를 기웃거렸다. 나는 휴대폰을 뒤로 감췄다.

　"아, 아니, 울 엄마야."

　말이 한 번에 나오지 않았다. 수겸이 어깨를 으쓱 올렸다 내리더니 손뼉을 쳤다.

　"내가 또 다른 소식을 물어왔어. 있잖아, 그때 그 여학생 후보 중 하나를 또 찾았어."

　발그스름해졌던 뺨이 순식간에 싸늘하게 식었다.

　"일반고로 전학 간 여학생이 있는데, 갑자기 몸이 아프다고 휴학을 했대. 아마 다시 복학할 때쯤이면 애를 낳을지도 몰라. 1학년이었는데, 학교 다니기 너무 힘들다며 방황하다 그 일을 당했다지 뭐야."

　울고 싶었다. 지애 말처럼, 그 소문은 진실이 아니며 사실은 내가 그 여학생이다, 그날 나는 맞기만 했다, 빈터에서 죽도록 맞고 응급실로 실려 갔다, 그날 이후로 나는 살아 있는 것 같지 않다, 네 입에서 다른 소문이 나올 때마다, 그 소문이 점점 더 커질 때마다 조금씩 내가 죽어 가는 것 같다, 제발 그만 좀 해라, 외치고 싶었다. 그러나 마음 한구석에 자리 잡은 또 다른 내가 속삭였다. 이봐, 그런다고 얘가 멈출 것 같아? 절대 아니야, 알잖아, 어떤 식으로든 또 다른 소문을 만들어 낼 거야, 그러니 버텨, 버틸 때까지 버텨 봐, 이를 악물어. 그리고 정말 이를 악물었다.

최면에 걸린 듯 뻣뻣해진 나를 풀어놓은 건 가영이 손짓이었다.

"속상해. 이거 어떻게 돌리지?"

가영이 손수건을 슬며시 뗐다. 코는 여전히 빨갰다.

"안 가라앉으면 화장으로 가려. 내가 예전……."

"예전에 뭐?"

"아, 아냐, 말이 헛나왔어. 차라리 그러는 게 낫겠다고."

가영이 코를 훌쩍이며 화장품 가방을 꺼냈다. 작은 가방에 든 것만 열 종류가 넘었다. 그 많은 화장품을 얼굴에 다 바른다니 신기했다.

"얼마나 오래 붙인 거야?"

"고니랑 통화하다가 붙이고 잠들었어."

말을 나누는 도중에도 가영이 손은 바삐 움직였다. 찍어 바르고 두드리는 사이 빨간 코는 서서히 원래 색을 되찾았다.

"누구야?"

가영이 눈을 거울에 고정시킨 채 물었다.

"누구?"

"너 요새 연애하지?"

"아, 아니. 안 해."

가영이 거울에서 눈을 떼고 내 눈을 쏘아보았다. 내 마음까지 꿰뚫는 듯 강렬한 눈빛이었다.

"거짓말, 차라리 귀신을 속여."

떡볶이 집 앞에서 뒷문까지 5분, 그게 다였다. 그런데 연애라니 말도 안 돼. 아냐, 그래도 만나긴 했잖아. 토요일에 영화도 볼 거야, 그럼 연애 맞지. 그걸 진짜 연애라고 불러도 되나, 아직 좀 일러.

점심시간이었다.

급식실에 줄을 서 있는데 식판에 음식을 받은 민석이 나를 스쳐 지나갔다. 식판에 음식을 받고 있는데 띠링, 문자가 왔다. 민석이었다.

'검정 스타킹도 매력 있는데 이제는 좀 덥지 않아?'

식판을 들고 자리를 잡은 지애 옆에 앉았다. 민석은 대각선 방향 탁자에 앉아 있었다. 나와 눈이 마주치자 민석이 한쪽 눈을 깜박였다. 짧은 순간에 마주친 눈빛이었고 순식간에 일어난 일이었다.

고개를 푹 숙이고 밥 한 술을 뜨는데 손끝이 떨렸다.

"왜 그래?"

지애가 물었다. 맞은편에 앉은 가영이 아무 말 없이 배시시 웃었다. 수겸이 우리를 지켜보다 손뼉을 짝 쳤다.

"등잔 밑이 어둡다더니, 너 뭐야?"

"뭐긴. 넘겨짚지 마."

"아닌데, 뭔가 수상해. 그치, 가영아."

가영이 웃음기를 걷고 수겸이 식판을 숟가락으로 두드렸다.

"밥이나 드셔."

숟가락이 계속 떨렸다. 밥알이 옷과 식판에 떨어졌다. 시금치에서 소시지 맛이 나고 소시지에서 김치 맛이 났다. 밥은 돌 같고 국은 아무 맛도 안 났다. 맛을 느끼지 못하는 채 씹고 또 씹었다.

빈 식판을 배식구에 내면서 주변을 둘러보았다. 모두 하복을 입었고 스타킹은 물론 양말도 신지 않은 아이들이 눈에 들어왔다. 그런데 나는 검정 스타킹에다 양말까지 덧신었다. 화장실에서 스타킹을 벗었다.

운동장 벤치에 가영과 지애, 나까지 나란히 앉았다. 남학생 몇 명이 축구를 하며 운동장을 뛰어다니고 있었다. 우리 반 남학생들도 보였다. 함태준이 공을 잡고 드리블을 하더니 슛을 날렸다. 그물이 출렁거렸고 벤치에 앉은 우리들이 소리쳐 태준을 응원했다. 그 열기가 갑자기, 느껴졌다. 후끈, 더웠다. 뭘까, 이게 뭐지.

"어, 스타킹 벗었네?"

지애가 물었다.

"응."

바람이 불었다. "야, 패스, 패스!" 심장이 쿵쿵 뛰었다. 나도 다시 남들처럼 똑같이 뛰고 싶었다. 할 수 있을 것 같았다.

깨진 거울

지애가 달걀 프라이를 부쳤다. 두 개를 부쳐 하나는 내 밥그릇에, 또 하나는 자기 밥그릇에 놓았다.

"오늘은 일찍 안 가?"

지애는 대답 대신 달걀을 숟가락으로 퍽퍽 잘라 밥과 섞었다. 처음 만난 날, 정신없이 밥을 먹던 그때와 비슷했다. 현이 언니가 아침을 같이 먹었는데, 지애는 달걀 프라이를 먹겠냐고 물어보지 않았다. 현이 언니는 잔뜩 골이 난 표정이었다. 밥을 후딱 먹어 치운 언니가 공동 주방을 나가더니 갑자기 큰 소리가 났다.

"네 일이잖아. 내가 왜 거들어야 하는데?"

이건 현이 언니 목소리였다. 그리고 맞받는 총무 목소리가 들렸다.

"힘든 일 그만하고 네가 총무를 하라고. 나는 집에 들어갈 테니까."

"뭐야, 사정 봐주듯 하는 거야? 너 뭔데 내 인생에 감 놔라 배 놔라 간섭이야. 내가 알아서 한댔잖아."

공동 주방에 있던 학생들 눈빛이 모두 한곳으로 몰렸다. 아직 밥을 덜 먹은 사람들은 입안에 밥을 후딱 밀어 넣었고, 다 먹은 사람은 머리 감는 걸 포기하고 총무실 앞을 기웃거렸다. 나와 지애는 선배들 뒤에서 두 사람이 싸우는 걸 지켜보았다.

"알아서 한다는 사람이 몸살이 나서 일자리도 잘려? 좋아, 그럼 네 사정이 아니라 내 사정이야. 내가 그만둘게. 그럼 되잖아."

"야, 송승찬, 너 나 좋아하냐?"

현이 언니다운 돌직구였다. 지켜보던 학생들이 수군거렸다. 싸움닭 현이 언니와 하품쟁이 총무가 수상한 사이래. 수겸이 그 자리에 있었다면 두 사람이 이미 결혼을 약속하고 양가 부모님들이 만났으며 현이 언니가 고시텔 생활을 청산하려고 노력한다는 이야기를 만들었을 것이다.

총무는 대답하지 않았다.

"신경 꺼. 내 인생은 건드리지 마. 너나 잘해."

현이 언니가 찬바람을 일으키며 돌아섰다. 싸움 구경을 하던 고시텔 학생들을 당당히 지나쳐 방으로 들어갔다.

모두들 서둘러 학교로 향했다. 지애는 한 마디도 하지 않았다. 둘 사이에 놓인 공기가 무겁고 답답했다.

"총무가 정말 현이 언니를 좋아할까?"

"……."

"일어 작문 숙제가 어렵더라."

지애가 눈을 끔벅였다.

"숙제가 있어?"

지애답지 않았다. 얼이 빠지고 마른풀처럼 시들했다.

"야, 한지애, 누가 널 괴롭혔어? 이름만 대. 내가 혼내 줄게."

마른풀 같던 지애 얼굴에 잠깐 생기가 돌았다. 그리고 그 생기는 순식간에 증발했다.

"괴롭히긴, 그런 거 아니야."

"내가 친구잖아. 잊지 마."

"알아."

지애가 머뭇거렸다. 뭔가 문제가 생겼는데 말하고 싶지 않은 눈치였다. 나는 더 이상 캐묻지 않았다. 지애보다 더 큰 문제, 토요일 영화관 약속이 나를 사로잡고 있었기 때문이다. 다른 어떤 문제도 그 약속을 떠올리면 잊을 수 있었다. 잠깐이지만 얼굴이 달아오르기도 했고 바람이 느껴지기도 했다. 이제껏 나를 감싼 차갑고 매서운 바람이 아니라 따뜻한 봄바람이었다.

교실 분위기도 고시텔 못지않게 무거웠다. 가영이 거울을 엎어 놓고 뒷면에 있는 고양이를 뚫어져라 보고 있었다. 주먹을 불끈 쥔 채 고양이하고 맞장이라도 뜰 모양새였다. 수겸이 가영이 어깨를 토닥이고 있었다.

가영이 거울을 들고 벌떡 일어났다. 교실 뒤편으로 성큼성큼 걸어가 쓰레기통에 거울을 던졌다. 챙, 거울이 깨졌다. 그때까지 가영을 주목하지 않던 아이들까지 소리가 난 쪽으로 고개를 돌렸다. 무슨 소리냐고 수군거리는 아이들과 그 아이들에게 가영이 거울을 쓰레기통에 버렸다고 설명하는 아이들이 있었다. "저런." 혹은 "아." 하는 짧은 탄식이 곳곳에서 흘러나왔다. 그 거울을 가영이 얼마나 아끼는지 우리 반 모두가 알았다. 수겸이 뒷머리가 삐친 것 같다며 한번 빌려 달라고 했을 때 가영은 자기 거울을 다른 사람에게 빌려주고 싶지 않다고 딱 잘라 말했다. 그 대신 수겸이 뒷머리를 직접 손질해 주었다. 수업 시간이나 쉬는 시간, 심지어 밥 먹을 때도 거울을 손에서 놓지 않았다. 거울이 좋아서라기보다 그 거울이 특별하기 때문에 그랬다.

가영이 쓰레기통 앞에서 한동안 꼼짝하지 않았다. 두 주먹을 불끈 쥔 채 부들부들 떨고 있었다. 나는 조심스레 쓰레기통 뚜껑을 열었다. 고양이는 멀쩡한데 앞에 붙었던 거울은 몇 조각으로 깨져 있었다.

"성곤이랑 싸웠어?"

사귄 지 일주일이 되었을 때 성곤이 사 준 거울이었다.

"헤어졌어."

반에서 가장 티 나게 연애를 하던 가영은 헤어진 소식도 요란하게 알렸다.

"공부? 아니, 지 성적 떨어진 게 왜 내 탓이야? 나는 지랑 사귀면서 성적 관리했는데. 미친 놈, 거지발싸개 같은 자식."

그때부터 시작된 욕이 한참 동안 이어졌다. 가영이 알고 있는 욕이란 욕은 다 쏟아 내는 것 같았다. 씩씩거리며 시작한 욕은 울먹이며 끝났다. 지애가 다가와 가영이 어깨를 쓰다듬었다.

"잊어버려, 그깟 놈."

가영이 눈물을 뚝 떨어뜨렸다.

"별일 아니었는데, 정말 별 이야기도 아니었는데……."

열일곱, 키와 마음이 자라는 나이라는데 우리 마음은 자랄 틈이 없었다. 공부 때문에 모든 걸 포기해야 하는 우리들에게 사랑도 가족애도 뒷전이었다. 그럼에도 불구하고, 우리는 아니, 나는 목이 말랐다.

가영이 눈물을 쓱 닦았다. 그리고 씩씩하게 자리로 걸어갔다. 친구들 시선이 가영을 따라 움직였다가 다시 책으로 돌아갔다. 누군가는 성곤처럼 공부 때문에 다른 걸 미루고 있을 테고, 누군가는

139

나처럼 다른 출구를 찾으려 하고, 또 다른 누군가는 지애나 가영처럼 힘들어하고 있을 것이다.

띠링, 지훈이 문자를 보냈다. 아침부터 보낸 건 처음이었다.

성곤이랑 가영이랑 헤어졌다는데 사실이야? 그런 것 같아. 가영이 기분 우울하겠다. 그러네. 너는 괜찮아? 뭐가? 걔 둘이 깨져도 우린 괜찮은 거지. 우리라니…… 뭐? 만난 지 한참 지나서 얼굴 까먹겠어. 그런가. 뭐야, 반응이 왜 이래. 아니, 그냥 좀 그래. 토요일에 잠깐 보자. 집에 가야 해. 가기 전에 잠깐만. 이번 주는 안돼. 무슨 일 있는 건 아니지. 아냐, 다음 주에 봐. 알았어.

지훈이 우리는 괜찮은 거냐고 묻는 말이 이상했다. 지훈이 나를 어떻게 생각하는지 몰라도 내게 지훈은 친구였다. 지난번에 만날 때 그렇게 이야기했는데, 지훈은 튕기는 거냐며 낄낄 웃었다. 나는 정색을 했다. 진짜 그래. 너 제법 귀엽다. 왜 이래, 친구한테. 나는 그런 네가 좋아. 나는 너 별로야. 그만 튕겨. 나한테 넌 친구야. 난 아니야. 맘대로 해.

일어 작문 숙제에서 선생님을 만족시킨 답안은 가영이 작성한 것뿐이었다. 가영은 마치 아무 일도 없었다는 듯 수업에 집중했다. 가영이 질문을 했을 때, 나는 가영이 무엇을 묻는지 이해하지 못했다. 비단 나뿐만 아니라 다른 친구들도 그런 것 같았다. 원준은 가영이 질문한 것을 찾아내려는 듯 책을 넘기다 금세 포기했다.

140

"스바라시이(すばらしい)!"

어지간해서 칭찬을 하지 않는 일어 선생이 대단하다고 가영을 추켜세웠다. 가영은 굳은 표정으로 고개만 까닥 숙였다. 점심시간 전에 세 번 있는 쉬는 시간 중 화장실은 딱 한 번 갔고, 나머지 두 번 쉬는 시간에도 일어 책을 펴 놓고 공부했다.

"책 속으로 들어가겠다."

그러자 가영은 내 얼굴을 보지 않은 채 대답했다.

"할 게 많아서 그래. 아직 멀었어."

가영이 아직 멀었다면 나는 어쩌란 말인가. 내 일어 작문은 교과서에 나온 문장을 짜깁기한 것에 불과하다는 지적을 받았다. 그나마 한 게 어디냐고 대꾸하고 싶었지만 틀린 말도 아니다 싶어 입을 다물었다.

점심시간에도 가영은 일어 단어를 외웠다. 밥 한 술에 단어 하나를 외우며 식판을 비웠다.

"야, 박가영, 진짜 낯설다. 공부만 할 거야?"

수겸이 단어장을 낚아챘다.

"이리 내 놔."

"그만해. 차라리 울어라, 울어. 고니가 너한테 그렇게 큰 존재였어? 걔는 자격 미달이야, 미달. 우리가 학생인 건 세상 사람들이 다 아는데, 소개팅에 나올 땐 언제고 이제 와서 뭐, 공부? 지랄 맞은 놈이야."

가영이 단어장을 뺏었다.

"뭘 안다고 참견이야. 그러는 넌 제대로 된 연애를 해 봤어? 쓰잘데기 없는 소문이나 만드는 주제에."

아직 수겸이 식판에 밥이 반 남아 있었다. 그러나 수겸은 찬바람이 일 정도로 벌떡 일어나 식판을 들었다. 그리고 배식구로 가 남은 밥을 다 버렸다. 지애가 수겸을 따라 나가자 지애 식판이 덩그러니 남았다. 그 식판에도 밥이 남아 있었다. 가영도 배식구로 갔고 나는 지애와 내 식판 두 개를 들고 가 남은 밥을 버렸다. 밥을 남긴 건 처음이었다.

식사 시간에는 자기 마음이 드러나고 좋아하는 것과 싫어하는 것을 감출 수 없다. 내가 싫어하는 음식을 다른 사람이 좋아한다는 걸 알게 되고 처음 먹어 보는 음식이 의외로 입에 맞을 수도 있다. 이야기를 캐고 나누며 남은 반찬을 줄 수 있는, 동등하고 위아래도 없는, 이 학교에서 유일하게 평등한 시간이었다. 따뜻한 국, 온기가 남은 밥, 윤기 흐르는 반찬들이 내가 대접받는 사람이라는 생각을 갖게 했다. 수업에 지치고 소문에 휘둘린 내가 숨 쉴 수 있는 유일한 시간이었다. 그런데 그 평화가 깨졌다.

가영이 운동장 한쪽 계단에 앉아 있었다. 햇볕이 쨍쨍 내리쬐는데 그 햇볕을 전혀 느끼지 못하는 사람처럼 몸을 웅크리고 있었다.

142

혹시 재도 추운가, 나처럼? 나는 가영이 어깨를 감쌌다. 움찔하고 놀라더니 가만히 내게 기댔다.

"그 여자가 그러더라. 엄마가 재혼했다고. 그런 소식을 전해서 미안하대. 나는 미안해하지 말라고 했어. 근데 그 여자가 뭐라는지 알아? 사랑이 식을 수도 있고 변할 수도 있는데, 지금 자기는 아빠를 사랑하고 나도 사랑하려고 노력하는 중이래. 나는 그걸 왜 못 봤을까."

그동안 그 여자가 가영에게 내밀었던 비싼 크림이며 옷 들은 가영이 아빠에게 보이고 싶은 게 아니라 가영을 생각하는 마음이었다. 그 여자는 왜 진작 가영에게 좋아한다는 말을 하지 못했을까. 내가 정말 너를 사랑하고 있다고 왜 말하지 않았을까. 그 여자도 나처럼 비밀을 간직한 채 매일을 버티면서 가영을 견뎠을까.

"성곤이 아니라 엄마 때문에 힘든 거야?"

"같은 거야. 내가…… 엄마 이야기를 했어. 그 여자 이야기도. 일본으로 가서 엄마를 만나고 싶다고 했어. 나는 아직 모르거든. 그 여자한테 왜 아빠랑 엄마가 이혼했는지 아느냐니까 자긴 모른대. 물어보지 않았대. 그건 자기랑 만나기 전 이야기니까 관심 없대. 참 지나치게 쿨하지 않냐? 성곤이가 그 말을 듣더니 나더러 이상하대. 속물에 스토커에 하여튼, 별 이야기를 다 했어. 그리고 는 그걸로 끝. 선혜야, 내가 진짜 이상하니?"

"아니, 그놈이 나쁘지. 이제 그 자식은 잊어버려."

가영이 피식 웃었다. 나는 웃지 않았다. 세상에 이상한 사람은 없다. 단지 자기와 다를 뿐이다. 가영이 새엄마가 가영과 다르듯, 나도 친구들과 조금 다를 뿐이다. 겉으로 드러나지 않는 상처를 지니고 있는 사람이 어디 나쁘이겠는가. 가영이 거울을 깨뜨려 속상한 마음을 드러내듯 나도 그럴 수 있으면 좋겠다. 어쩌면 이렇게 답답한지, 내 자신이 너무 싫다.

선혜 슈퍼

창식이 때문이었다. 기다리던 토요일인데 민석에게 다음 주로 미루자고 문자를 날렸다. 토요일이라 다들 늦게 아침을 먹어도 꼬박꼬박 제 시간에 밥을 먹던 지애가 공동 주방에 모습을 드러내지 않았지만 왜 안 나오느냐고 물어보지 못했다.

버스를 타고 가는 한 시간 동안 손톱을 물어뜯었다. 별일 아닐 거라고 했지만 문자만 보내던 창식이 전화까지 한 걸 보면 심상치 않았다.

"저기, 요즘 집에 전화해?"

"요즘? 엊그제 아빠랑 통화했어. 왜?"

"엄마랑은 안 했고?"

거기부터 미심쩍었다. 엄마한테 창식은 바나나 우유를 매일 사먹는 고정 고객인 동시에, 꼴랑 바나나 우유만 사는 쪼잔한 고객이었다. 창식이도 그걸 알 텐데, 왜 엄마를 들먹이는 걸까.

"엄마가 왜?"

"아프신 것 같더라. 어젯밤부터 가게에 안 나오셔. 오늘 아침에도 안 계시고. 알지? 니네 엄마, 무슨 일이 있어도 가게 안 비우시잖아. 아저씨한테 여쭸더니 누워 계신대."

"……."

"듣고 있어?"

"알았어, 지금 출발할게."

통화는 그게 다였다. 사람을 설득하는 데 긴 말이 필요하지 않을 때도 있다. 지금이 그랬다. 단순히 바나나 우유를 사러 오는 고객인 줄 알았는데 창식은 엄마가 가게를 비우는 일이 흔치 않다는 것까지 파악하고 있었다. 엄마도 아빠도 전화를 받지 않았다. 창식에게 문자를 넣었다.

'지금 가는 중이야. 혹시 집에 있니?'

'응. 나도 좀 있다 들를게.'

'가게 문 닫혔어?'

창식이 집은 가게 맞은편이었다. 중학교 때 창식은 자기 방에서 가게 간판이 보이고 옥상에서 보면 열린 가게 문이 보인다고 했다.

146

나는 창식이 슈퍼 이야기를 들먹일 때마다 기분이 나빴다. 기껏 바나나 우유밖에 안 사 먹는 주제에 뭘 잘 안다고 알은체한담. 니네 엄마가 우리 엄마 귀에 속삭인 덕분에 내가 이 학원까지 오게 되었는데 그걸 알고 하는 소리냐, 내가 슈퍼 딸인 게 아니꼬우냐, 이렇게 대들고 싶었다. 그러나 한 번도 말하지 못했다. 나는 늘 속상한 일들을 속으로 삭였다. 툭툭 털어 버리지 못했다.

'아니, 열렸어.'

'고마워.'

네 정거장이 남았다. 엄마가 만든 차디찬 수정과가 입안에 아직 남아 있는 것 같았다. 에어컨을 켠 버스 안이 초겨울처럼 추웠다. 이러다 얼어 죽는 건 아닐까, 눈사람처럼 굳어 버리는 건 아닐까, 도대체 사람들은 왜 덥다고 할까, 참 이상했다.

정류장에 도착하자마자 가게로 뛰었다. 슈퍼 계산대가 비어 있었다. 슈퍼가 텅 빈 것 같았다.

"엄마? 아빠?"

그러자 가게 안쪽, 고무장갑과 라면이 놓인 진열대 쪽에서 "선혜니?" 하고 아빠가 대답했다. 아빠는 종이 상자에서 라면을 꺼내고 있었다. 아직 뜯지 않은 상자가 여러 개였다. 라면, 고무장갑, 랩, 수세미…… 종류도 다양했다.

"왜 전화를 안 받아?"

147

"바빠서 그랬지. 전화했구나."

"엄마는?"

"몸살 나서 누웠다."

엄마는 강철처럼 굳세고 단단했고 차가웠다. 심한 감기가 걸렸을 때도 마스크를 끼고 계산대에 서 있었다. 들어가 쉬라는 아빠 말에 끄덕하지 않던 엄마는 슈퍼 문을 닫을 때 소주 한 병을 들고 집으로 올라왔다. 국사발에 소주 반 병을 따르고, 고춧가루 한 순갈을 푼 다음, 날계란을 풀어 한 번에 들이켰다. 다음 날 아침에 언제 감기를 앓았냐는 듯 훌훌 털고 일어나 다시 계산대에 섰던 엄마였다.

"뭘 했는데 몸살이 나?"

"너 온다고 반찬 만들었지. 며칠 동안 밤잠을 설치면서 만들더니 기어이 드러누웠다."

내가 집에 못 간다고 전화한 건 전날 오후였다. 민석과 영화 볼 생각에 들떠 집에 못 간다는 전화를 늦게 한 셈이다. 내가 안 온다는 말에 드러누웠다는 소리였다.

일손이 딸리는 아빠 대신 상자를 뜯고 상품들을 꺼냈다. 물건이 어디 놓이는지 알기는 했으나 진열대에 놓아 본 건 처음이었다. 엄마는 내가 슈퍼 일을 돕지 못하게 말렸다. 그런 일은 엄마가 다 할 테니 공부나 하라고 했다. 마지막 상자를 뜯어 물건을 올려

148

놓자 속이 부글부글 끓어올랐다. 아빠가 땀을 닦으며 계산대에 섰다.

"껌 하나를 팔면 얼매가 남는지 아나?"

엄마 목소리가 귓가를 울렸다. 엄마가 없는 가게에서도 엄마 목소리는 나를 놓아주지 않았다. 나는 언제나 엄마 뜻대로 사는 착한 딸이었다. 엄마가 하라는 대로, 엄마가 원하는 대로, 그렇게 자라고 살아야 하는 딸이었다. 그러나 이젠 그런 착한 딸 노릇은 하고 싶지 않았다. 내가 누군가를 위해 살고, 누군가를 위해 희망이 되는, 꼭두각시는 싫었다.

2층 현관을 열자 음식 냄새가 물씬 풍겼다. 엄마는 안방에 누워 있었다.

"나 왔어."

엄마가 몸을 일으켰다.

"안 온다카더만 밥 묵었나?"

"생각 없어."

"기달리 봐라. 내 퍼뜩 밥 차려 주꾸마."

"생각 없다니까. 얼마나 아픈 건데?"

엄마를 설득해 병원에 데리고 가야 할 것 같았다. 그런데 엄마가 이불을 걷더니 비틀거리며 자리에서 일어나 부엌으로 갔다.

"안 먹는다니까."

엄마는 내 말을 들으려 하지 않았다.

"엄마, 제발 그냥 누워 있어."

"됐다마. 아무 일도 없으니까 걱정하지 마라."

그 말만은 듣고 싶지 않았다. 나는 우와아아 소리를 지르며 주먹으로 발코니 창을 쳤다. 지은 지 오래된 건물을 비추던 커다란 창이 와장창 깨졌다. 엄마가 무릎을 꿇듯 주저앉았다.

"제발, 제발! 아무 일도 없긴 뭐가 없어! 엄마는 그 말 하나면 다 되는 줄 알아? 그만 좀 해! 그날도 그랬지. 엄마는 아무 일도 없다고, 다들 입 닫으라고! 없긴 뭐가 없어. 내가…… 얼마나 힘든지 알기나 해? 엄마가 싫어, 미워, 밉다고!"

"선혜야…… 니 그라믄 진짜 무슨 일이 있었던 거가?"

내가 엄마를 보면 얼마나 숨이 막히고 추웠는지 말하고 싶었다. 아무 일도 없다는 엄마 말처럼 진짜 그렇게 살고 싶었다. 그러나 아무리 노력해도 그 일은 없던 일이 아니라 일어난 일이었다. 가영처럼 남자를 볼 때 얼굴부터 보고 싶었다. 그러나 나는 얼굴이 아니라 바지 앞섶부터 봤다. 저 남자도 그때 그 사내처럼 딱딱하게 굳은 성기를 가지고 있을까, 나를 자기 욕망을 채우는 도구로만 바라보는 건 아닐까, 아니, 남자들이 여자를 사랑한다는 말이 가당키나 한 걸까, 온갖 생각이 나를 괴롭혔다. 그것만으로 충분히 괴로운데 이제 소문까지 합세했다. 눈덩이처럼 불어난 소문은 나를 임

150

신과 출산, 낙태를 겪은 여학생으로 둔갑시켰다. 나날이 조금씩 더 춥고 외롭고 무서웠다. 민석과 가까워질 수 있었던 건 소개팅 때 만난 지훈처럼 자기 몸을 내게 갖다 대지 않았기 때문이다. 민석이 적당한 거리를 두었기 때문에 남자가 아니라 오빠라고 생각했다. 좋은 오빠니까, 저 오빠는 나한테 그렇게 하지 않을 테니까. 그런데 엄마는 시시때때로 전화를 걸어 잊을 만하면 그 말을 꺼냈다. "아무 일도 없었다, 알긋나?" 찢어진 스타킹을 진짜 아무 일도 없었다는 듯 무심하게 쓰레기통에 버린 엄마는 내 마음이 그 스타킹보다 더 찢어지고 있다는 걸 전혀 눈치채지 못했다.

"엄마, 그걸 지금 말이라고 해? 진짜 그러길 바라는 거야? 제발, 몸살 난 거 아니까 그냥 누워 있으라고!"

목소리가 갈라졌다. 내가 들어 본 내 목소리 중에 가장 최악이었다.

나는 가방을 고쳐 메고 가게로 내려왔다. 내 가방을 본 아빠 표정이 굳어졌다.

"갈게."

"왜 벌써 가, 엄마랑 싸웠어? 뭔가 깨지는 소리가 나던데."

그때 창식이 들어왔다. 손에 든 쟁반 위에 검은 냄비가 놓여 있었다.

"아이고, 창식이 왔구나. 그 냄비는 뭐냐?"

"아, 이거요. 실습 시간에 죽을 끓였는데 집에서 해 봤어요. 근데 좀 많아서 나눠 드리려고 갖고 왔어요."

아빠가 쟁반을 받아 들었다. 나는 못 본 척 가게를 나섰다.

"야, 정선혜!"

창식이 나를 쫓아왔다.

"왜 벌써 가. 아줌마 괜찮으셔?"

"괜찮으시겠지, 아무 일도 없다니까. 늘 그랬어."

엄마 이야기에 목소리가 높아졌다.

"잠깐 여기서 기다려. 진짜 눈 깜박할 사이면 돼."

창식이 내가 나온 선혜슈퍼로 뛰어 들어갔다. 나는 기다리지 않았다. 엄마와 더 이상 같은 공간에 있고 싶지 않았다. 엄마가 한 말들이 얼음 조각처럼 내 온몸을 찔렀고 그러면 몸이 식었다. 내 몸을 감싸고 있던 붕대에 다시 살얼음이 끼었고 곧 두꺼운 얼음 붕대로 바뀌었다.

버스 정류장에 줄이 길게 늘어서 있었다. 나도 그 줄에 끼어 버스를 기다렸다.

"기다리라니까."

창식이 숨을 헉헉대며 검은 비닐봉지와 손수건을 내밀었다. 손수건은 왜, 뭘 닦으라는 거야. 창식이 내 오른손을 가리켰다. 창문을 때렸던 주먹에서 피가 흐르고 있었다. 내 몸에도 아직 뜨거운

152

피가 흐르고 있구나. 그날 이후 나는 생리를 하지 않았다. 매달 거르지 않았던 생리가 뚝 끊겼고, 정말 내가 그날 맞기만 한 게 아니라 내가 모르는 사이에 무슨 일이 있었던 건 아닐까 착각이 들기도 했다. 나는 손수건으로 피를 닦았다. 피가 멈추지 않았다. 창식이 수건으로 손을 동여매라는 듯 손짓을 했다.

"꼭 치료 받아. 알았지?"

버스가 왔다.

"갈게."

나는 비닐봉지를 낚아채 버스에 올랐다. 창식이 손을 흔들었다. 나는 흔들지 않았다. 20분을 서 있다가 겨우 자리에 앉았다. 검은 비닐봉지에는 바나나 우유 두 개가 들어 있었다. 매일 평상에 앉아 바나나 우유를 먹던 창식이 모습이 떠올랐다. 냉장고에 있었던 우유는 그새 미지근해졌다. 눈물이 핑 돌았다.

빈터

청바지에 흰 면티를 입고 극장 앞에서 서성거렸다. 1층 커피숍
유리창에 내 모습이 어리비쳤다. 지애는 오늘도 아침밥을 걸렀다.
요즘 들어 밥 먹는 양도 부쩍 줄었다. 점점 까칠하게 마르는 지애
가 안쓰러웠다. 지애는 아직 말하지 않았지만, 남자 친구를 사귀는
것 같았고, 뭔가 잘 안 풀리는 눈치였다. 도대체 누굴까, 궁금증은
점점 커졌다.

지난번 약속은 엄마 때문에 미뤘고, 기다리는 일주일 동안 민
석이 마음을 바꿀까 조마조마했다. 엄마하고는 그동안 전화 통화
를 한 번도 안 했다. 원래 전화를 안 하던 아빠가 두 번 전화해 유
리창은 갈았다, 다친 덴 없느냐, 엄마가 많이 놀랐더라, 너는 진짜

괜찮냐, 물었다. 엄마가 그다음 날도 가게에 안 나왔다는 건 창식이 보낸 문자로 알았다. 아프면 아프다고 하지, 하고 투덜대다 엄마와 묘하게 닮은 나를 발견했다. 속에 있는 말을 제대로 꺼내지 못해 상처를 키우는 모습이 그랬다. 나는 엄마와 다르게 살고 싶었고, 다르다고 여겼다. 진짜 다르다면 다르게 살아야 한다. 정말 그러고 싶다.

유리창에 비친 내 모습 뒤로 누군가 섰다.

"많이 기다렸어? 늦겠다. 들어가자."

민석은 청바지에 체크무늬 반소매 셔츠를 입었는데 학교나 고시텔에서 보는 것보다 성숙해 보였다.

"아, 아뇨. 조금."

민석이 영화표 두 장을 꺼내 흔들었다.

관객들이 웃음을 터뜨렸다. 나는 웃으면서 옆자리를 슬쩍 돌아보았다. 민석이 깔깔 웃는 모습이 보기 좋았다. 어둠 속에서도 민석의 하얀 얼굴은 반짝였다. 웃을 때 드러나는 흰 치아와 오똑한 콧날이 내 마음을 흔들었다. 민석과 두 번 눈이 마주쳤는데, 그때마다 민석이 환하게 웃었다. 뺨이 살짝 달아올랐다.

영화가 끝나고 같이 국물떡볶이를 먹었다. 흥건한 국물에 튀김을 찍어 먹으며 영화 이야기를 했다. 재밌던 장면에 대해 서로 이야기하는데 민석이 얼굴이 반짝였다. 내가 본 민석의 얼굴 중에 가장 환했다.

"영화를 볼 때가 제일 재밌어. 너는?"

"아, 저는…… 재밌게 봤어요."

"아니, 뭘 할 때 제일 좋아?"

선배한테 문자 받을 때요, 하마터면 말할 뻔했다. 한참 만에 중얼거렸다. 뭐가 좋은지 모르겠어요. 괜찮아, 천천히 찾아봐, 너는 할 수 있어. 정말 할 수 있을까요? 그럼. 간단히 주고받는 말이었지만 기운이 팍팍 솟았다.

카페에 들렀다. 나는 뜨거운 우유를 시키고 민석은 아이스커피를 시켰다. 청바지를 입긴 했지만 아직 추웠다. 나는 차가운 손을 잔에 댔다. 그래도 냉기가 쉽게 가시지 않았다.

"많이 힘들어?"

무슨 뜻일까, 내가 무엇 때문에 추워하는지 아는 걸까, 혹시 소문에 휩싸인 애가 나라는 걸 눈치챈 건 아닐까, 설마 그건 아니겠지, 아니라면 도대체 무엇 때문에 힘드냐고 물어보는 걸까. 생각이 자꾸 엉켰다.

"뭐가요?"

어깨를 잔뜩 움츠린 채 작은 목소리로 물었다. 민석이 아이스커피를 벌컥벌컥 들이켰다.

"아, 아니, 원래 1학년 때는 다 힘들거든. 그래서 물어봤어. 별

뜻 아니야."

그래, 그건 아니었어, 선배가 알 순 없지, 그날 선배는 고시텔에 없었어, 그래서 생축도 못 했다고 했잖아, 3층 남학생뿐만 아니라 2층 선배들도 그날 일은 꺼내지 않았어, 그러니 엄마 소원대로 현이 언니랑 총무랑 지애만 입 다물면 아무도 모를 거야, 제발 선배는 몰랐으면 좋겠다.

"근데 왜 보자고 했어?"

잠깐 망설였다. 그러나 민석이 내 얼음을 녹일 스위치라는 확신이 있었다. 매일 문자를 보내고 힘내라고 응원하는 건 아무나 할 수 있는 일이 아니다. 적어도 관심이 있어야 한다. 민석 선배를 좋아해요, 정말 오빠가 좋아요, 이렇게 말하고 싶었다. 그때 민석이 전화가 울렸다.

"응, 괜찮아. ……걱정하지 마. 알았어. ……지금?"

누군가 민석을 부르고 있었다. 지금은 적당한 때가 아니었다. 민석이 당황한 듯 전화기를 손으로 가리고 나를 바라보았다. 나는 고개를 끄덕이며 괜찮아요, 조그맣게 대답했다.

"그래, 그럼 20분 뒤에 보자."

전화를 끊은 민석이 다시 한번 힘내라고 했다.

"바래다줄까?"

"아녜요. 좀 있다 알아서 갈게요."

그러자 민석이 걱정스럽게 바라보며 한마디를 덧붙였다.

"어둡기 전에 들어가."

나는 대답하지 못했다. 입이 떨어지지 않았다. 혹시 민석 선배가 아는 게 아닐까, 그냥 한 말일 거야, 다른 말도 많은데 왜 하필 어둡기 전이라고 했을까, 요즘 도는 소문 때문일 거야, 그래도 뭔가 찜찜해, 꼭 말했어야 했는데…….

민석이 사라지고 난 다음에도 한참 동안 생각을 하는데 지훈이 전화를 걸어 왔다.

"뭐 해?"

"그냥, 혼자 있어."

"어딘데?"

"카페. 선배랑 있었는데 갔어."

"그럼 나갈까? 30분이면 되는데."

"왜?"

"왜라니, 오늘 만나기로 했잖아. 잊어버렸어?"

정말 까맣게 잊고 있었다. 지훈에게 미안한 마음이 일었다. 내가 있는 카페 위치를 알려 준 다음 그를 기다렸다.

빈 우유잔이 차갑게 식어 갔다. 선배를 좋아하는 내 마음은 변함이 없었다. 그러나 선배가 나를 썩 좋아하는 것 같지 않았다. 그래도 같이 영화를 봤다. 많이는 아닐지 몰라도 조금은 좋아하는 마음이 있을 거야, 무슨 일이 생겼겠지, 다음번에는 또 다른 걸 해 봐야지, 지훈은 왜 보자는 걸까.

그리고 지훈이 나타났다.

고시텔과 학교, 시립도서관, 선혜슈퍼, 내가 가는 곳은 일정했다. 그런데 지훈은 토박이답게 이 동네를 속속들이 알았다. 보드게임방에 들러 보드게임을 하고 '방방'에 들어가 트램펄린을 뛰었다. 폴짝폴짝 중력을 떨치고 높이 뛰어오를수록 먼저 간 민석에 대한 섭섭함이 옅어졌다. 꺅꺅 소리를 지르며 내가 뛸 때 지훈이 트램펄린에 같이 올라와 내 쪽으로 다가왔다. 나는 가장자리로 이동해 트램펄린을 내려왔다.

"왜, 같이 안 뛰어?"

"숨이 차서 좀 있다 뛸게."

숨이 차진 않았다. 그러나 혹시 뛰다가 부딪힐까 봐, 아니, 닿을까 봐 겁이 났다. 지훈이 뻗은 손에 딱딱하게 얼어붙었던 그때로 돌아가고 싶지 않았다. 지훈이 혼자 트램펄린을 뛰었다. 내가 높이 뛰기만 하는 것과 달리 지훈은 높이 올랐을 때 두 다리를 쫙 벌렸다가 오므렸다.

"우와!"

내가 탄성을 지르자 이번에는 한 바퀴 돌기에 도전했다. 그러나 한 바퀴 돌아서 다시 서기에는 높이가 적절하지 않았다. 지훈은

159

트램펄린에 눕다시피 떨어져 통통 튀었다. 내 웃음소리에 머쓱해진 지훈이 다시 한 바퀴 돌기에 도전했지만, 이번에도 똑같이 실패했다.

지훈이 트램펄린에서 내려오고 내가 다시 올라갔다. 한 시간 동안 방방에 있었지만 우리는 같이 뛰지 않았다. 지훈이 내려오면 내가 올라가고, 지훈이 올라올 때쯤 내가 내려갔다. 나보다 지훈이 훨씬 오랜 시간 동안 뛰었다. 숨이 찬 건 내가 아니라 지훈일 텐데, 지훈은 숨이 차다는 말은 하지 않고 대신 덥다고 손부채질을 연신 해 댔다.

저녁으로 돈가스를 먹었다. 나는 메뉴판을 보지 않았다. 대신 지훈이 알아서 시켰다. 돈가스는 내가 지금까지 먹어 본 것 중에 손꼽힐 정도로 맛이 좋았다. 지훈이 주문한 매운 돈가스를 반 잘라 내게 건넸다. 나도 내 치즈 돈가스를 반 잘라 지훈에게 주었다. 매운 돈가스는 첫맛은 맵고 뒷맛은 개운했다.

하루 종일 완벽하게 공부를 안 한 건 오랜만이었다. 중학교 때는 시험이 끝나면 친구들과 같이 영화를 보고 떡볶이를 먹고 노래방을 갔다. 그렇게 놀다 보면 시험 기간에 받았던 스트레스가 어느 정도 풀렸다. 고등학교에 들어와 중간고사를 치고 나서는 그런 호사도 못 누렸다. 시험이 끝난 주말에는 집으로 돌아갔고, 다른 주말에도 친구들과 같이 놀 기회는 드물었다. 그러고 보니 지애랑 영화 한 편 같이 본 적도 없었다.

어느덧 해가 뉘엿뉘엿 지고 있었다. 어둠이 찾아왔다. 카디건이나 점퍼를 가져올걸, 그럼 어둠이 감쌀 때 느끼는 추위가 조금 덜할 텐데. 더 어두워지기 전에 돌아가야 한다.

오들오들 떨고 있는 내 어깨에 지훈이 손을 대려 했다. 나는 한발 뒤로 물러났다.

"왜 이래?"

"추운 것 같아서. 너야말로 왜 그래, 과민반응하지 마."

"나한테 손대지 마."

"야, 정선혜, 내 친구는 만난 지 열흘 만에 키스도 했대. 그런데넌 정말 너무 튕긴다. 적당히 해."

지훈이 다시 손을 뻗었다.

"싫다고 했지."

커진 목소리에 머쓱해진 지훈이 손을 슬그머니 내렸다.

"바래다줄게."

그 말은 거절할 수 없었다. 나 혼자 학교 앞으로 돌아가기에는무서웠다. 토요일, 지금 시간이면 교문이 닫혀 있고 어쩔 수 없이빈터 쪽으로 가야 한다. 나는 그 길을 혼자 가기 싫었다.

정문 앞에서 한참을 서 있다가 맛나분식 쪽으로 발길을 옮겼다.

"어디로 가?"

161

"이리로 가는 길이 있어."

걸음이 떨어지지 않았다. 지훈이 나란히 섰다. 내 발목에 무거운 모래주머니가 두 개씩 달린 것 같았다. 천천히 발을 떼며 침을 꿀꺽 삼켰다. 그래도 혼자가 아니니까 아무 일도 없을 거야, 계속 그 생각만 했다. 카페를 지나 골목으로 꺾자 내 발걸음이 더 느려졌다. 두세 걸음 걷다 멈추고 또 걷다 멈추곤 했다. 그날 이후 처음 들어선 골목이었다. 골목은 여전히 어두웠다.

거의 다 왔을 때쯤, 지훈이 옆으로 두 걸음 걸었다. 그 자리는 가로등 불빛이 제대로 비치지 않는, 어두운 곳이었다.

"할 말이 있어."

"나는 없어. 그만 돌아갈래."

말은 용감하게 내뱉었지만 발걸음이 떨어지지 않았다. 지훈이 멈춘 곳에서 조금 더 가면 빈터로 접어드는 골목이 나왔다. 어서 내 방으로 돌아가고 싶었다.

"오늘 즐거웠어. 그리고 이건 데이트 기념이야."

내 어깨에 지훈이 손이 올라왔다. 그리고 얼굴이 더 가까이 다가왔다. 콧김이 내 코를 간질였고 입술이 내 입술에 닿을 듯했다. 나는 지훈의 손을 뿌리쳤다.

"무슨 짓이야!"

지훈이 눈을 게슴츠레 떴다.

"사귄 지 꽤 되었는데 아직 손 한번 못 잡았잖아. 난 네가 참 좋아, 그러니까 내 사랑을 받아 줘."

꺄악, 비명을 질렀다. 사랑이라니, 내가 아니라고 몇 번을 말했어, 어두울 때까지 너와 같이 있지 말아야 했어, 왜 네 맘대로 결정해? 내가 널 어떻게 생각하는지는 중요하지 않아? 민석이 나를 두고 간 뒤로 제정신이 아니었어, 저 녀석을 만나지 말았어야 했어.

"너랑 끝이야!"

"왜 그래, 선혜야."

지훈이 다시 어깨에 손을 댔다. 전기가 통하는 것처럼 살얼음이 어깨에서부터 온몸으로 번졌다. 다시 추웠다. 몸서리치게 추웠다.

"선혜야!"

지훈이 불렀다. 큰 소리로 불렀다. 나는 뒤돌아보지 않고 뛰었다. 그날 빈터를 벗어났을 때처럼 힘껏 뛰었다. 지금이 아니면 기회가 없다. 다시 그날로 되돌아가고 싶지 않았다.

고시텔 앞이 환하게 밝았다. 사람들이 많이 모여 있었고 구급차가 보였다. 그때까지 뛰어온 나는 숨을 헐떡이며 지애에게 무슨 일이냐고 물어보았다. 지애는 울상을 지으며 내 손을 꼭 잡았다. 계단으로 들것이 내려왔다. 발이 아래로 향하고 머리가 계단 위쪽에 있어 들것에 누워 있는 사람이 잘 보였다. 현이 언니였다.

"언니!"

163

총무는 별일 아니라고 대답하고 구급차에 같이 탔다. 사이렌을 울리며 구급차가 떠났다. 나는 비틀거리며 지애 어깨에 기댔다. 악몽처럼 그날이 다시 돌아왔다. 조금씩 나아지는 줄 알았는데 그게 아니었다.

갑자기 눈이 쏟아진 곳에 나 혼자 서 있는 듯했다. 나는 교복 차림에 얇은 스타킹뿐이었다. 신발 없이 눈밭을 한참 헤매며 내 얼음을 녹일 스위치를 찾았다. 그러다 언덕 위까지 올라갔는데, 스위치가 아니라 그냥 눈뿐이었다. 그리고 그 눈밭에 수선화 한 송이가 서 있다. 아직 꽃이 피지 않은 봉오리였지만 눈이 무거워 어찌할 줄 모르고 있다. 눈밭을 오르다 찢겨지고 너덜너덜해진 스타킹보다, 긁혀서 피가 나는 무릎보다, 빨갛게 얼어 감각을 잃은 발보다, 수선화가 더 아파 보였다. 너무 추웠다. 나는 끅끅 울음을 토해 냈다.

두 사람

현이 언니가 며칠째 돌아오지 않았다. 잠깐 알바를 나갔던 편의점에서 물건을 올리다 넘어졌는데, 고시텔로 돌아올 때까지 통증을 꾹 참고 일당을 챙겼고, 돌아오자마자 쓰러져 총무를 기함하게 했다. 당황한 총무는 바로 119로 신고했고, 구급차에 실려 병원으로 갔다. 뼈에 금이 가고 인대가 늘어났는데 그 통증을 어떻게 참았냐며 의사가 걱정을 했고, 총무는 거봐라, 내가 뭐랬냐, 왜 고집을 피우냐, 하고 시비를 걸었다. 병원에 문병 갔던 지애와 나는 총무와 현이 언니가 다투는 걸 보며 웃음을 겨우 참았다. 말로는 아니라고 했지만 아웅다웅 싸우는 두 사람이 영락없는 애인 사이 같았다.

165

총무가 빈 자리는 금방 티가 났다. 아침에는 밥통에 밥이 있었지만, 저녁이면 텅 비어 있었다. 야참으로 밥을 또 먹는 선배들은 빈 밥통을 보며 투덜거렸지만 같이 밥 먹던 식구가 아프기 때문인지 불만은 금세 사라졌다. 이럴 때를 대비해 방마다 조금씩 쌓아 둔 비상식량을 털어먹으며 얼른 모든 것이 정상으로 돌아오기를 바랐다.

지애는 깨작거리며 밥을 먹다가 현이 언니가 늘 앉던 자리를 보며 한숨을 쉬었다. 학교 가기 전에 내 방 앞에 와서 아직 안 돌아왔냐고 물었다.

"달걀 프라이 부쳐 드리고 싶어서?"

"그러게. 이번엔 꼭 부쳐 드리고 싶었는데."

"언니 달걀 알레르기 있어."

"그래? 그랬구나."

현이 언니가 돌아오지 않아 가장 불편한 건 나였다. 내 방 창문은 복도로 나 있었는데, 언니 방과 연결되어 있었다. 창문을 열어도 되겠냐고 동의를 구할 옆방 친구가 없었고, 통화하는 소리가 들리지 않는 것도 이상했고, 불안한 꿈을 꿔도 알아차릴 사람이 없었다. 언니가 쓰러진 날, 나도 밤새 끙끙 앓았다. 아침에 일어났을 때 언니가 끓여 주던 흰죽이 먹고 싶었다. 언니가 그리웠다.

다음 날 민석이 문자를 보냈다.

'그날 일찍 가서 미안해.'

'총무 형은 아직 안 왔어?'

나는 어떤 문자에도 답장하지 않았다. 그런데 금요일 아침에 받은 문자는 조금 달랐다.

'선혜야, 괜찮니?'

울고 싶었다. 내가 과도하게 기대했던 걸까, 아니야, 그래도 민석처럼 날 아껴 준 사람이 어딨어. 민석이 내 얼음을 녹일 수 있을 거라는 기대와 민석이 나를 좋아하지 않을 수도 있다는 불안감이 같이 들었다. 내가 이 문제를 어떻게 풀어야 할지 감당하기 힘들었다. 이럴 때 현이 언니라도 있었으면 얼마나 좋을까.

"정선혜, 너 무슨 고민 있지?"

화장실 세면대에서 손을 씻다가 수겸과 눈이 마주쳤다. 수겸이 내 얼굴을 빤히 들여다보았는데, 네가 뭘 고민하는지 다 알겠다는 자신만만한 눈빛이었다. 너는 아무리 말해도 모를 거야, 설령 그 답을 네가 안다고 해도 너한테 물어보긴 싫어, 날 덮은 얼음 중에 반은 바로 네가 만든 소문 때문이었으니까.

"아니다, 내가 지금 네 고민을 물어볼 때가 아니야. 좀 곤란해졌거든."

"뭐가?"

"있어."

167

수겸이 말을 아꼈다. 전혀 수겸이답지 않았다. 무슨 일이지, 왜 아무 말도 하지 않는 거야, 뭔가 있는 것 같은데. 의문은 가영이가 풀어 주었다.

"수겸이가 캐던 애 말이야, 그중 하나가 어제 학교로 항의를 했다나 봐. 정말 아파서 비장을 떼어 냈는데 그 수술을 하고 나면 후유증으로 살이 찐대. 자기 병을 임신으로 생각하다니 그게 말이 되느냐 했대. 또 2학년이라는 그 선배 말인데, 선배는 자기가 그렇게 진한 연애라도 해 봤더라면 억울하지 않겠다며 도대체 누가 그런 소문을 만드느냐고 했대."

"다행이다."

"뭐가?"

"그냥."

가영이 말에 무심코 내 마음이 튀어나왔다. 요즘 들어 말실수를 하는 일이 잦다. 꽁꽁 감추려 했던 진실을 내 입으로 흘리게 될까 봐 더 조심해야 한다. 나는 말이 가진 힘을 안다. 말 한 마디는 나를 얼리고 꼼짝 못 하게 하며, 따뜻한 물을 마셔도 목구멍을 넘어가는 순간 차가운 얼음물로 변하게 하며, 소름 끼치게 하고, 남자들, 아니, 사람들을 믿지 못하게 하는 대단한 힘을 갖고 있다.

말이 가진 무시무시한 힘을 마음대로 휘두르는 사람들에게 묻고 싶었다. 내가 무엇을 잘못했는지, 왜 이렇게 힘든지, 매일매일 추

168

위에 떨며 지내는 고통을 언제까지 겪어야 하는지 따지고 싶었다. 조금 늦은 시간에 그 골목을 걸었을 뿐이었어, 성폭행을 당한 것도 아니고 임신을 하거나 출산을 한 것도 아니야, 말 끝에 달린 날카로운 얼음 화살촉이 안 보여? 그게 안 보인다면 나를 봐, 내가, 무수히 많은 화살촉에 맞아 꽁꽁 얼었잖아, 아무리 애를 써도 그 얼음이 안 녹아, 이제 곧 심장까지 얼어붙을 거야, 나도 다른 사람들처럼 누군가를 진심으로 사랑하고 믿고 싶어, 그러면 다 잊을 수 있을 것 같아, 이제 그만 활을 내려놓아, 부탁해.

점심시간에 창식이 문자를 보냈다. 이번에는 음식 사진이 아니라 수선화가 화면에 가득 찬 사진이었다.

'웬 수선화?'

바로 답장이 왔다.

'네가 제일 좋아하는 꽃이잖아.'

창식에게 수선화를 좋아한다고 말했던 기억이 떠오르지 않았다. 언제 그런 이야기를 했는지 모르겠지만 창식이 나를 잘 아는 건 분명했다. 다시 그 꿈이 내 머릿속을 헤집고 다녔다. 나는 엉망진창으로 얽히고 어느 부분은 얼어 버린 내 기억을 다시 정리했다. 창식이, 두려움, 창식이, 두려움, 창식이, 창식이! 그래, 맞아. 창식이 그 말을 했다. 그 말을 하던 상황이 생각났다.

중학교 때 창식이 학원에 오지 않았다. 학원을 빼먹는 일은 거의 없었기 때문에 학원 선생님은 무슨 일인가 궁금해했다. 수업을 마치고 집으로 돌아왔을 때 창식이가 선혜슈퍼 평상에 앉아 바나나 우유를 마시고 있었다. 수업에 지쳐 땡땡이를 쳤나 보다 하며 지나쳐 들어가려는데 시퍼렇게 멍든 눈두덩이가 보였다. 맞았구나, 그래서 못 왔어. 걸음을 돌려 평상에 나란히 앉았다. 창식이 고개를 돌려 나를 보았는데 멍든 곳이 심하게 부어 눈을 제대로 뜨지 못하는 듯했다.

"누가 그랬어?"

"그냥 넘어졌어."

"거짓말."

"진짜야. 그리고 난 두려워하지 않았어."

"무슨 말이야, 그게."

"두려워하지 않았다니까. 엄청 중요한 말이야."

불량배들에게 흠씬 두들겨 맞고 지갑을 통째로 뺏겼는데, 생각보다 두툼한 지갑에 흡족한 불량배들이 앞으로 자기들 용돈을 계속 갖다 바치라고 했다. 그러나 창식이는 그럴 생각이 없으며 그 돈은 네 달치 용돈을 모은 것이며 독일제 칼을 사야 한다며 버텼다. 칼이라는 말에 흠칫 놀란 불량배들이 조그만 녀석이 어디서 우릴 협박하냐며 주먹을 날렸다. 창식이는 그 주먹을 맞으면서 계속 그럴 생각이 없다, 왜 내가 형들 용돈을 줘야 하느냐, 형들이 날

170

위해 해 준 게 뭐냐, 그럼 형들이 나 대신 칼 갈아서 포 뜰 수 있느냐, 조곤조곤 대들었다. 칼 갈아 포를 뜬다는 말에 당황한 불량배들은 이 녀석이 보통내기가 넘네, 큰코다치겠어, 꼬마야, 이제 이 골목은 드나들지 마, 하고 물러섰다. 무시무시한 이야기를 아무렇지도 않게 말하더니 창식이가 빈 우유 통을 휙 던져 쓰레기통에 넣었다.

"두려워하지 않았어. 그러니까 이 일은 아무한테도 말하지 마. 엄마한테도 말 안 할 테니까."

그때 나는 창식이 왜 독일제 칼을 사려 했는지, 포 뜬다는 게 무슨 말인지 궁금했다. 그러나 창식이 표정이 엄숙해서 물어볼 엄두가 나지 않았다. 한참 뒤에 창식이가 요리고등학교에 간다는 말을 들었고, 그제야 그게 요리를 하겠다는 말이구나, 했다.

띠링, 다시 문자가 왔다.

'이번 주말에 집에 오니?'

'봐서.'

창식을 만나면 사귀는 여자 친구가 누군지 물어봐야겠다. 엄연히 사귀는 여자애가 있다면서 내게 매일 문자를 보내는 걸 알면 그 여자 친구는 기분이 나쁠 것이다. 아마 너 때문에 걔 속은 까맣게 타 들어갈 거야, 친구 사이도 좋지만 네 여친을 생각한다면 그만 보내, 이렇게 말하고 싶었다.

가영이 제 휴대폰을 들여다보며 피식 웃었다.

"함태준 어때?"

"뭐가 어때, 축구 잘하고 알뜰하고……. 무슨 뜻이야?"

"걔가 사귀자네. 나도 그래 볼까 해."

옆에 앉은 지애가 축하한다며 자기 식판에 있는 닭강정 한 개를 가영이 식판으로 옮겼다. 수겸이 그 일을 소문내고 싶어 입이 근질근질한지 밥을 빠른 속도로 먹어 치우고 자리를 떴다.

내가 물었다.

"태준이가 먼저 고백했어?"

"응. 학기초부터 마음에 두고 있었는데 내가 성곤이랑 사귀고 있어서 마음을 숨겼대. 그런데 기숙사 식당에서 그러더라, 혹시 일본에 가려고 일어 공부를 하는 거냐고. 그렇다고 했더니 그럼 같이 가자, 올 여름방학 때 여동생이랑 또 배낭여행을 가는데 셋이 다니면 덜 심심할 거야, 이러잖아. 어디로 갈 건데? 네가 짜, 어디든 맞춰 볼게. 그래서 다시 봤어. 이번에는 성곤이에게 그랬듯이 매달리지 않고 한번 제대로 해 보려고."

지애가 물었다.

"어떻게 그런 생각을 했어?"

"그 여학생 때문이야."

내가 물었다.

172

"누구?"

"진짜 주인공. 소문이 어떻게 나든 진짜가 있겠지. 그 아이를 생각하니까 나는 열심히 살아야겠다 싶더라."

가영이가 닭강정을 잘근잘근 씹었다. 나는 가영이를 물끄러미 바라보았다. 누군가 나를 이렇게 생각하는 사람도 있구나. 모두들 어떤 일이 벌어졌는지 정말 어디까지 갔는지 궁금해하고 상처 내는 데만 관심을 쏟는 줄 알았다.

"고마워."

"뭐가?"

"그냥."

누군가 진심을 알아준다는 사실이 따뜻하고 고마웠다. 그리고 나도 그 진심을 확인하고 싶었다. 괜찮으냐는 문자 하나에 휘청거리는 내 마음을 확인하고 민석이 정말 나를 좋아하는지 그 마음도 확인하고 싶었다.

하루 종일 고민하다 야자 시간에 문자를 보냈다.

'오빠, 끝나고 맛나 떡볶이 앞에서 봐요.'

바로 답장이 왔다.

'그래.'

야자가 끝났다. 지애가 같이 가려고 다가왔다.

"나 잠깐 문구점 갔다 갈게. 금방 갈 테니까 걱정 마."

"정말 금방 와야 해."

지애가 눈물을 쏟아 낼 듯 그렁그렁한 눈으로 당부했다.

나는 정문으로 뛰었다. 민석이 이번에도 떡볶이 집 앞에 서 있었고 까만 비닐봉지도 들고 있었다. 같이 정문으로 걸었다.

"지난번에는 왜 늦게 갔어?"

"친구를 잠깐 만났어요."

나는 말하고 싶었다. 내가 진심을 말했을 때 민석이 내 진심을 받아들이기를 원했다. 그래야 내 얼음도 녹을 것 같았다.

우리는 뒷문을 통과하자마자 나오는 골목에 멈춰 섰다. 지나가는 사람들에게는 우리 모습이 보이지 않았다.

"나는…… 오해하지 마세요."

민석이 나를 있는 그대로 보기를 바랐다. 민석이 다가서려고 하면 내가 왜 한 발 물러서는지, 나를 휘감고 있는 얼음 붕대가 얼마나 두꺼운지, 사실은 도와 달라고, 오빠가 정말 좋아한다면 이 붕대를 풀어 줄 수 있지 않느냐고 말하고 싶었다.

"뭐가?"

민석이 한 발 앞으로 다가왔다.

"그날, 오빠 생일날, 내가 그 빈터에서…… 남자들에게…… 맞았거든요."

그 일을 입 밖으로 꺼내자 몸이 덜덜 떨렸다. 마치 그때로 되돌

174

아간 것처럼 두려웠다. 그날 오빠 선물을 샀어요, 그런데 그것도 못 전해 줬고, 생축도 못 했잖아요, 그 티셔츠는 노란과 파란 체크 무늬였어요, 오빠가 입으면 얼굴이 더 돋보였을 거예요.

그런데 민석이 한 손을 가로저었다.

"선혜야, 그만 말해."

"아녜요. 말해야 해요. 말하고 싶어요. 오빠한테 다 털어놓을래요. ……나, 오빠 좋아해요."

민석이 한 발 뒤로 물러섰다.

"좋아해요. 처음부터 좋아했어요."

"그러지 마."

"진짜예요."

민석이 한숨을 쉬었다. 그러고는 휴대폰을 꺼내 전화를 걸었다. 나와 민석이 있는 위치를 누군가에게 말하고는 전화를 끊었다.

"너한테 진작 말했어야 했는데."

"뭘요?"

"사실은……."

민석이 앞꿈치로 땅을 탁탁 쳤다. 뭔가 할 말이 있는데 머뭇거리는 듯했다. 모처럼 용기를 내 이야기했는데 반응이 영 시원찮았다.

"여자 친구 있어."

잘못 들었다. 그럴 리 없다. 설마 그럴 리가, 매일 문자 보내고 늦게 들어가지 말라고 이야기하던 민석 선배에게 여자 친구가 있다니, 믿을 수 없었다. 그때 민석 선배 뒤로 누군가 다가왔다.

"선혜야."

지애였다.

"여기 왜, 혹시 그럼…… 여자 친구가?"

"그래. 지애랑 나랑 사귀고 있어."

눈앞이 하얗게 변했다. 말도 안 돼, 이럴 리 없어, 왜 하필 지애가 민석 선배랑, 그럼 그때 남학생이 바로 민석 선배였구나, 나만 몰랐구나.

"나는 알고 있었어. 지애가 말해 줬거든."

"알고, 있었다니요, 뭘요?"

"사귀고 얼마 안 되었을 때 빈터에서 지애에게 키스를 하려고 했는데 지애가 울더라고. 여긴 싫다고, 안 된다고, 무섭다고. 왜 그러냐고 했더니 네 이야기를 하더라. 그래서 알았어."

차가운 눈물이 흘렀다. 몸을 꽁꽁 덮은 얼음덩어리가 녹은, 흐를수록 더 차가운, 이제 마지막 남은 따뜻함까지 다 얼려 버리는 눈물이었다. 수선화가 필 온기가 필요한데 그 위로 더 큰 눈덩이가 내려앉았다.

"그럼 나한테 왜 잘해 줬어요? 문자며 영화며 왜 그랬어요?"

목소리에 얼음 조각이 잔뜩 박혔다.

"지애 친구니까. 여자 친구가 가장 좋아하는 친구니까."

나는 휘청거리며 발걸음을 뗐다. 다리가 풀려 몇 번 넘어질 뻔
했다. 지애가 울먹이며 내 팔을 잡았지만 그 팔도 뿌리쳤다. 허우
적거리며 방으로 돌아온 나는 교복 위에 카디건을 껴입었다.

그때 문이 열리고 지애가 들어왔다.

"미안해. 나는…… 네가 오빠를 좋아한다는 말이 그냥 한 말인
줄 알았어."

침대에 걸터앉아 덜덜 떨고 있는 내 옆에 지애가 앉았다.

"혼자 있고 싶어."

"선혜야."

"나가 줘."

"미안해."

바보, 정선혜 바보, 내가 민석을 좋아한다고 민석이 나를 좋아
할 리는 없는데, 그냥 지애 친구여서 잘해 줬는데 그것도 모르고,
헛물켰어.

"뭐가 미안해?"

"다."

지애가 내 어깨를 감싸안았다. 나를 감싼 지애 팔이 떨렸다. 뭐
가 미안해? 왜 떨어? 내가 미안해, 나는 그런 줄 몰랐어, 둘이 사

귀는 줄 몰랐어, 진작 말하지 그랬어, 그랬더라면, 그랬더라면, 아마 내 얼음은 아무도 못 녹일 거야. 이제 그냥 꽁꽁 언 채 살아야 하는 걸까, 그러고 싶진 않아, 정말 미치겠어.

고백

점심시간에 수겸과 나, 지애와 가영, 넷이 둘러앉아 밥을 먹는데 지애가 내 식판에 돼지불고기 한 점을 올려놓았다.

"요즘 좀 핼쑥해, 잘 먹어."

그때 가영이 옆으로 태준이 지나갔다. 가영이가 조그맣게 이따봐, 속삭이며 웃었다. 그 웃음이 밝고 환했다. 나까지 미소를 짓게 하는 웃음이었다.

"태준이랑 잘되는구나."

"잘 맞아. 생각보다 속도 넓고. 가끔 남자애들은 자기 맘대로 생각하잖아. 내가 싫다고 해도 괜찮은 거라 여기질 않나, 정말 싫다는데 튕긴다고 하질 않나, 여자들은 무조건 선물을 좋아한다고 생각하질 않나. 어디서 잘못된 정보들을 듣고는 여친에게 행동으로 확인하려 하거든. 근데 태준이는 물어보더라고. 넌 어떻게 생각해? 그게 좋아."

"그렇구나, 나는 남자애들을 잘 몰라서."

"근데 너 추워?"

"왜?"

"다시 스타킹을 신었잖아."

"아…… 이게 좋아."

가영이 손을 뻗어 내 손을 잡았다. 따뜻한 손이었다.

"어쩌면, 얼음장처럼 차가워. 추위를 많이 타나 보다."

내 두 손을 자기 손으로 감싸고 입김을 불어넣었다. 아주 잠깐, 추위가 가시는 듯했다.

지애가 민석을 만나는 줄 알았더라면 어땠을까. 따지고 보면 나는 민석을 짝사랑했다. 지훈이 나를 여자 친구라고 생각하는 것과 같았다. 별 마음이 없는데 문자와 전화를 받아 주었고, 싫다고 했는데 튕긴다고 생각했다. 마음이 서로 다른데 내 마음과 같을 거라고 착각하며 지내 온 건 아닐까. 내가 지훈을 그렇게 대했듯이 민석도 나를 그렇게 대했던 게 아닐까. 나는 왜 민석이 내 스위치일 거라고, 민석만이 내 얼음을 녹일 거라고 생각했을까.

지훈에게 카톡을 보냈다.

'앞으로 잘 지내길 바라. 좋은 여친도 만나고.'

'내가 뭘 잘못했는지 궁금해.'

'네 탓 아니야. 내가 좀, 힘들어서 그래. 넌 참 좋은 친구였어.'

진작 이랬어야 했다. 튕긴다고 생각하기 전에, 딱 잘라서 아니라고 거절했어야 했다. 민석이 혹시 스위치가 아닐 경우 지훈이 그럴 수도 있겠다 싶어 남겨 둔 건 아닐까 하는 미안함이 일었다. 정말 가영이 말대로 양다리를 걸친 걸까, 내가 남자를 몰라서 지훈이 생각하는 걸 몰라본 걸까, 무엇이 진실일까.

띠링, 문자가 왔다. 지훈이 또 보낸 줄 알았더니 이번에는 창식이었다.

'오늘 야자 빠질 수 있어?'

'왜?'

'지역 특산품 확인하는 실습 중인데 니네 학교 근처야. 잠깐 보자.'

세상에 믿을 남자는 하나도 없다. 그리고 어떤 남자라도 내 얼음을 녹일 수 없다. 이미 확인했고 그걸로 충분했다. 더 이상 얼음을 녹일 어떤 시도도 하고 싶지 않았다. 노력하면 할수록, 확인하려 할수록 점점 더 비참해졌다. 이미 동사 직전인데 여기에 다시 얼음을 퍼붓고 싶지 않았다. 그리고 이 녀석도 여자 친구가 있다고 했는데, 내가 지애에게 그랬던 것처럼 그 여자 친구에게 상처가 될까 두려웠다. 내 남자 친구가 다른 여자에게 오해를 살 만큼 잘 대해 주는 건 상상만 해도 싫었다.

'알았어, 이따 봐.'

밥을 먹다 말고 휴대폰에 매달린 내 모습을 수겸이 그냥 지나칠 리 없다.

"누가 보낸 문자야?"

"창식이."

"걔 너 좋아하는 거 아냐?"

"아냐. 밥이나 드셔."

가영이 낄낄 웃었다. 나는 휴대폰을 엎었다. 다들 내게 왜 이러는지 모르겠다. 잘 풀리는 일은 하나도 없고 나를 힘들게 하는 일 투성이다.

야자를 뺀다는 신청서를 낼 때 친구들이 내 어깨를 치며 의미심장하게 웃었다. 나는 투덜거리며 교문 밖을 나왔다. 청바지에 연두색 티셔츠를 입은 창식이 손을 흔들었다.

"니네 교복 예쁘다."

"교복이 다 거기서 거기지. 예뻐 봤자 불편한 건 마찬가지야. 너는 치마를 안 입어서 모르나 본데, 아주 죽을 맛이야. 근데 어쩐 일이야?"

"말했잖아. 실습 나왔다가 돌아가는 일행에서 나만 빠졌어. 빠질 이유 대느라 애먹었어. 나 좀 도와주라. 이 동네에 맛있는 집이 있다고 핑계 대고 빠졌거든. 맛있는 음식을 못 찾아가면 혼나."

어느 학교나 규칙은 존재한다. 최강외고 규칙은 수업과 야자, 쪽지 시험을 잘 지켜야 하는 것이고, 창식이네 학교 규칙은 맛있는 음식을 수소문하는 것이었다. 규칙을 어기면 벌칙이 따른다. 최강외고는 깜지를 벌칙으로 써야 하는데, 창식이도 그만한 벌칙을 받을 것이다. 그래도 엄마가 아프다고 연락해 준 친구인데 벌칙을 받는 건 싫었다.

이 학교에 입학하고 먹어 본 음식은 맛나 떡볶이 집 떡볶이, 고시텔 밥, 학교 급식, 매점 간식이 전부였다. 그중에서 맛있다고 추천할 만한 음식은 하나도 없었다. 딱 하나가 있는데 그 음식점에 다시 가는 건 망설여졌다. 그래도 어쩌겠는가, 추천할 만한 곳이 거기뿐인데.

"좀 매콤한 소스를 바른 돈가스가 있는데 나는 그것밖에 몰라. 밖에서 잘 안 먹어."

"그래? 어떤 맛인지 궁금하다. 저녁으로 그거 먹자. 내가 쏠게."

창식이 내 속도 모르고 입맛을 다셨다. 버스 카드를 갖고 오지 않은 나 대신 창식이 두 사람 요금을 찍었다. 손잡이를 잡고 흔들리며 가는 내내 창식은 음식점 간판을 들여다보며 한눈을 팔았고 나는 한 마디도 하지 않았다.

돈가스 가게는 꼭꼭 숨어 있었다. 한번 간 곳을 다시 찾아내는 것이 쉽지 않았고, 처음 갔을 때는 지훈이 이끄는 대로 따라갔기 때문에 처음 온 동네처럼 낯설었다. 건물 세 개를 돌아다니다 겨우 식당을 찾았을 때 나는 녹초가 되어 있었다.

"너는 어떤 걸 먹을래?"

"아무거나."

"그럼 나는 매운 돈가스를 먹을 테니까, 너는 날치알 돈가스? 아님 쌈 돈가스?"

"그런 게 있었어?"

"뭐야, 와 봤다면서."

창식이 메뉴판을 내 쪽으로 밀었다. 처음 왔을 때 메뉴판을 펼치긴 했다. 그러나 그게 눈에 들어오지 않았다. 이 집에 어떤 메뉴가 있는지 나는 궁금하지 않았다. 지훈이 골라 주는 대로 먹었다. 그때 지훈이 나를 여자 친구로 생각했다면 제일 맛있는 걸 골라 줬을 텐데, 나는 지훈이 어떤 마음인지 알아볼 생각도 하지 않았다. 지훈에게 미안했다.

"쌈 돈가스가 무슨 맛일까? 나 이거 먹을래."

"그럼 매운 돈가스랑 쌈 돈가스 두 개 시키자."

나와 창식은 오래전부터 알던 사이지만 둘이서 식당에 들어온 건 처음이었다.

"근데 너, 여자 친구 있다면서 나한테 자꾸 문자 보내면 걔가 화 내지 않아?"

"여자 친구? 누가 그래?"

"네가 그랬잖아. 내 친구 소개시켜 준다니까 여친 있다고 했어."

나는 그것 보라는 듯 혀를 끌끌 찼다. 너도 똑같구나, 도대체 남 자는 뭐야, 여자랑 같은 사람은 아닌 것 같아. 창식이 당황하기는 커녕 배시시 웃었다.

"여기 있잖아."

"어디?"

식당 안을 둘러보았다. 쌍쌍이 앉은 손님이거나 여자끼리 온 손 님들이 자리를 차지하고 있었다. 이 식당에 처음 온 창식이 여자 친구를 미리 앉혀 두었을 리는 없었다.

"설마, 나라고?"

"응."

"농담이지?"

"아닌데."

자다가 벼락을 맞는다 해도 이보다 더 큰 충격을 받지 않을 것 같았다. 느닷없이 자기 여자 친구가 나라니, 이 녀석 뇌 구조를 분 석하면 엉뚱함 70%, 음식 15%, 바나나 우유 10%, 기타 5%일 텐 데 거기에 내가 끼어들 구석이 어디 있단 말인가. 나는 돈가스 한 조각을 잘라 소스를 듬뿍 묻혀 상추에 쌌다. 입안을 가득 채운 음식을 우적우적 씹는 나를 창식이 보고 있었다. 이마에 나기 시작한 붉은 여드름만 아니라면 예전부터 알던 창식이 맞는데, 지금 하는 행동은 내가 알던 창식이 아닌 것 같았다.

"음, 이 소스도 맛있네. 이 집은 돈가스도 맛있지만 소스 개발을 잘하는 것 같다. 이대로 한번 만들어 봐야지."

"너 저말 왜 그래애?"

음식 때문에 말이 똑바로 나오지 않았다. 정말이 저말로, 그래가 그래애가 되었다. 창식이 내 소스를 듬뿍 묻힌 돈가스를 자기 접시로 갖다 놓고 두 손을 모았다.

"초등학교 때 네가 그랬잖아. 세상에서 바나나 우유가 제일 좋다고. 왜 그러냐고 물었더니 네가 수선화를 좋아하는데 그 색이랑 똑같다고 했거든. 그때는 네가 수선화 같았는데 지금은…… 아닌 것 같더라."

"무슨 말이야?"

나는 포크와 나이프를 접시에 올려놓았다. 까맣게 잊고 있었다. 나는 창식을 초등학교 때부터 알았는데 내 머릿속에는 창식이 중학교 동창일 때만 남아 있었다. 초등학교 때 창식이 모습은 생각나지 않았다. 그때 내가 왜 그런 말을 했을까, 초등학교 동창인 게 생각나지 않으면 친한 사이도 아니었는데. 맞아, 그 말은 국어 시

186

간에 발표하면서 했던 것 같아, 좋아하는 꽃 이야기를 하다가……
그건 정말 오래전 일이야, 까마득한 옛날 일. 그런데 그걸 기억하
는구나.

"너는 수선화가 아니라 알뿌리 같아. 속에 꽁꽁 감추고 때를 기
다리는 알뿌리. 네가 알뿌리 속에서 꽃피울 때까지 같이 있고 싶
어. 그게 다야."

바나나 우유를 좋아하던 나는 이미 변했는데, 창식은 나를 아직
바나나 우유를 좋아하던 그 시절 그대로 좋아하는 듯했다. 내가 얼
마나 많이 달라졌는지 모르잖아, 내 알뿌리가 얼마나 단단한지 모
르잖아, 내 알뿌리도 얼음으로 꽁꽁 얼어붙었어, 다신 꽃이 안 필
거야, 알고 하는 말이야?

"야, 웃긴다. 넌 그냥 친구야."

"알아, 그러니까 기다린다고 했잖아."

창식이 그 이야기는 더 이상 하고 싶지 않은 듯 소스 타령만 늘
어놓았다. 쌈 돈가스 소스는 된장에 그레이비소스를 섞은 것 같고,
매운 돈가스 소스는 핫소스에 칠리소스, 또 다른 걸 섞은 맛이라고
평가했다. 다음에 또 와서 다른 걸 먹어 봐야겠다고 가게 전화번호
와 주소를 휴대폰에 입력하는 모습이 굉장히 낯설었다. 내가 아는
창식도 예전부터 알던 모습은 아니었다. 창식은 학원에서든 학교
에서든 열심히 하는 게 별로 없었다. 그런데 지금은 아니다. 독일

제 칼, 그래, 그걸 사고 싶어 했지.

날이 어둑해질 때쯤 식당을 나왔다.

"버스 정류장까지 바래다줄게. 한 번에 가는 버스가 이 근처에 있어."

그러자 창식이가 고개를 저었다.

"너부터 바래다줄게."

"아니, 괜찮아. 아직 밝은데 뭘."

"딱 교문까지만. 나는 내가 찾아갈게."

다시 버스를 탔다. 창식이 서 있던 자리에 앉아 있던 사람이 내렸다. 그러자 창식이 내 팔을 잡아끌었다. 나는 얼떨결에 자리에 앉았고 창식은 아무 일도 없었다는 듯 창밖을 내다보며 음식점 간판을 살피는 데 몰두했다.

"아무렇지 않았어."

나는 혼잣말로 중얼거렸다. 전지훈이 나를 잡거나 손을 댔을 때, 나는 뻣뻣하게 굳었다. 그날처럼 무서운 일이 또 일어날까 두려웠고 더 이상 남자를 믿을 수 없었다. 그런데 창식이 내 팔을 잡았을 때는 마치 지애나 가영이 잡았을 때처럼 아무렇지 않았다. 이게 뭘까, 왜 이러는 걸까, 혹시 창식이 스위치일까, 머릿속에 물음표가 둥둥 떠다녔다.

버스에서 내려 교문 앞까지 가는 동안 우리는 한 마디도 하지 않았다. 교문 앞에 다다랐을 때, 창식이 손을 흔들었다.

"잘 가."

"응, 너도 조심해서 가."

"기말 잘 보고."

"야, 너까지 시험 이야기냐?"

"어쩔 수 없잖아. 시험에 저당 잡힌 신세니까."

창식이 깔깔 웃으며 어서 들어가라는 듯 손짓을 했다. 아직 야자 중인 독서실 불이 환하게 켜져 있었다. 나는 성큼성큼 교문으로 들어섰다. 창식이 나를 좋아한다, 나도 싫지 않다, 그런데 정말 창식을 좋아해도 될까, 저 녀석이 나를 있는 그대로 받아들일까, 내가 얼음처럼 굳을 때도 날 이해할 수 있을까, 생각이 천 갈래 만 갈래로 뻗었다.

고시텔은 조용했다. 아직 학생들이 돌아오지 않는데 총무는 자기 자리를 지키고 있었다.

"현이 왔다."

나는 현이 언니를 찾아갔다. 언니는 깁스를 한 채 방에 누워 있었다.

"괜찮아요?"

"뭐, 깁스는 좀 지나면 풀 거야. 병원에서 이것저것 검사해야 한다고 하도 난리 쳐서 며칠 있었어. 뻔하지 뭐. 난 괜찮아. 근데 넌,

189

무슨 일 있니?"

"……."

"선혜야, 무슨 일이야."

"언니, 글쎄 제가요……."

나는 차근차근 이야기를 풀어놓았다. 민석에게 받은 문자, 지애, 떡볶이, 소문, 힘들고 외로웠던 시간들을 털어놓았다.

누워 있던 현이 언니가 몸을 일으켰다.

"그래서 누가 소문을 일으켰는지 알아냈니?"

"아뇨, 아직."

"그랬구나. 근데 선혜야, 힘들어도 네가 이겨 내야 해. 너는 씩씩하고 용감하단다."

"제가요?"

태어나서 한 번도 용감하다는 말을 들어 본 적이 없었다. 나는 늘 비겁했고 용기가 부족했다. 내가 생각하는 바를 말하기 전에 수십 번, 수백 번 생각하고 또 생각했다. 생각이 덧입혀질 때까지 속에서 삭였다.

"그날, 그렇게 빠져나올 때까지 이야기했다며. 그러기 쉽지 않아. 참 용감했어."

"정말 그럴까요?"

"그럼. 승찬이 저 자식이 너 반만 용감했으면 좋겠다."

"언니, 정말 총무 오빠랑 사귀는 거예요?"

"뭐, 어쩌겠니. 저렇게 좋다는데. 병원에 와서 어찌나 극진한지 봐주기로 했어. 우리처럼 가진 것 없고 보잘것없는 취준생들이 서로 기댈 수 있다면 좀 낫겠지."

현이 언니가 낄낄 웃었다. 언니가 총무와 사귄다면 잘 어울릴 것 같았다. 다들 짝이 있구나, 외롭고 힘든 때를 함께 헤쳐 나갈 힘을 얻는구나. 부러웠다. 그리고 언니가 한 말을 움켜잡았다. 나는 용감하다. 그 말에 또 다른 말이 덧붙었다. 용감해, 두려워하면 안 돼, 용감해, 두려워하면 안 돼, 용감해.

매듭

수겸이 아침부터 다른 교실을 들락거렸다. 수겸이 들락거릴 때마다 소문이 무럭무럭 자라는 걸 경험했기 때문인지, 모두들 수겸이 교실에 돌아와 무슨 이야기를 할지 기다리는 눈치였다. 나는 수겸이 퍼뜨리는 소문을 더 이상 듣고 싶지 않았다.

드디어 수겸이 들어섰다. 뒷문 근처에 앉은 친구들이 수겸이 옆으로 잽싸게 다가갔다.

"그, 빈터에서 당했다는 여학생 말이야."

숨이 턱 막혔다.

"영어과 2학년 언니가 어떤 1학년에게 그 이야기를 들었다지 뭐야. 빈터에서 그런 일이 있었다고. 그러니까 처음 이야기를 한 사람은 1학년이 틀림없어. 도대체 누굴까?"

털썩, 지애가 필통을 떨어뜨렸다. 내 자리에서 대각선으로 두 칸 건너 앉은 지애 모습이 선명하게 보였다. 지애는 손을 바들바들 떨며 귀를 손으로 막고 있었다. 영어과 2학년, 1학년, 영어과 2학년…… 설마?

나는 교과서와 선생님 대신 지애를 지켜보았다. 지애는 앞을 바라보고 있었지만 칠판을 보는 것 같지 않았다. 일어 시간에 선생님이 불렀을 때 대답을 못 하고 있다가 딴생각하지 말라는 충고를 두 번 들었고 결국 선생님이 깜지 한 장을 벌로 내렸다.

점심시간에 급식실로 가는 지애 팔을 붙잡았다. 지애는 순순히 나를 따라왔다. 우리는 분리배출장에 다시 섰다.

"아까 수겸이가 말한 2학년 영어과 언니, 네 옆방 설아 언니야?"

"……."

"1학년, 설마 너야?"

"……."

"아니지? 아니라고 해. 넌 아닐 거야. 그렇지?"

"……."

"야, 한지애!"

"미안해."

"뭐?"

"설아 언니랑 떡볶이 사 오다가 빈터를 지나는데…… 자꾸 무서운 이야기를 하잖아. 귀신이 나온다는 둥 시체가 있다는 둥, 그래서 그만…… 실수였어. 너라는 얘긴 안 했어, 진짜야. 믿어 줘."

"그마안!"

나는 두 귀를 손으로 가리고 눈을 감았다. 듣지 말아야 할 진실이었다. 처음에는 그날 그 사내들이었고, 엄마, 그리고 수많은 소문들이 나를 꽁꽁 얼렸다. 거기에 지애까지 물을 끼얹었다. 얼음은 점점 더 두꺼워지고 차갑게 나를 감쌌다.

한참 만에 눈을 떴을 때, 지애는 주저앉아 울고 있었다. 그날처럼, 지애가 울었다. 나는 지애를 미워하고 싶었다. 그러나 지애는 나를 걱정한 친구였다. 나만큼 지애도 무섭고 힘든 시간을 겪어 냈을 것 같았다. 지애는 내게 달걀 프라이를 자주 부쳐 주었다. 그것은 밥을 굶던 지애가 할 수 있는, 하나밖에 모르는 요리였다. 같은 층 선배들이 자기도 해 달라고 주문해도 끄떡하지 않고 오직 내게만 보여 준 지애 마음이었다.

나는 지애를 일으켰다. 지애가 와락 안겼다.

"정말 미안해."

"됐어, 그만 울어. 너 울면 내가 더 힘들어."

"미안해."

"됐다니까."

우리는 점심을 굶고, 오랫동안 그 장소에 서 있었다. 그때, 이 일에 용감하게 맞서야 한다고 생각했다. 나는 지애에게 내 생각을 들려주었고 눈물범벅이 된 지애가 고개를 끄덕였다.

그날 저녁 야자 시간에 지애와 민석과 함께 교무실에 있었다.

"그럼 체험학습을 갔다고 한 날, 그런 일이 있었단 말이야?"

담임이 입을 두 손으로 막았다. 손 사이로 신음 소리가 흘러나왔다. 내가 그 사실을 다른 사람에게 털어놓는 일은 처음이었다. 그런데 희한하게도 툭, 얼음 붕대 매듭 하나가 끊어지는 소리가 들렸다.

"네, 그런데 어느 날부터 이상한 소문이 돌더라고요. 내가 임신과 출산을 했더라는 소문, 아시죠, 선생님?"

"그래, 나도 들었어."

"더 이상 두고 볼 순 없어요. 그래서 제가 방법을 생각해 봤는데, 익명에는 익명으로 대하려고요."

"무슨 뜻이야?"

나는 휴대폰 메모장에 써 둔 내 생각을 읽었다. 담임이 좋은 생각이라고, 응원하겠다고, 도와주겠다고 했다. 우리는 교사 휴게실로 갔다. 지애가 크고 흰 종이를 가로로 여러 번 접어 칸을 만들었다. 민석이 내 글씨를 알아볼 여학생들이 있으니 대신 써 주겠다고 했다. 내가 메모를 읽고 민석이 매직으로 썼다. 그리고 그 종이를 담임에게 맡겼다. 담임은 야자가 끝나고 나면, 아이들 모르게 붙여 둘 테니 걱정하지 말라고 했다.

담임에게 그 종이를 넘길 때, 또 한 번 툭, 매듭이 끊어졌다. 신기하고 놀라운 일이었다. 늘 누군가 얼음을 걷어 주기를 바랐다. 어둠을 몰아내고 얼음을 녹일 수 있는 스위치, 전기난로처럼 빛과 뜨거움을 함께 내뿜어 나를 얼음에서 풀어 줄 스위치가 누군지 찾으려 했다. 그런데 두 번 다 내가 결심하고 움직이면서 매듭이 끊어졌다. 그래, 이제 더 이상 괴로워하지 마, 두려워하지 마, 정말 두려워하지 마. 갑자기 창식이 보고 싶었다.

다음 날, 내가 부르고 민석이 쓴 종이가 붙었다. 친구들은 고등학교에 대자보가 붙다니 신기한 일이라며 수군거렸다. 정말 그런 일이 있었대, 소문이 반만 맞는 말이래, 그 자식들 나쁜 놈이지 않냐, 남자들은 다 늑대고 도둑놈이야, 무슨 소리야, 모두 다 그런 건 아니야, 그러니까 남자들도 늘 조심해야 한다니까, 여자들만 조심하라고 하지 말고 자기 일에 책임져야 한다는 걸 늘 생각해야 한다고, 왜 날 그렇게 봐, 난 아니야, 누가 너래, 왜 여자들만 조심해라, 짧은 치마는 입지 마라, 이러면 안 된다 저러면 안 된다, 우리가 어떤 걸 입건 말건 지들이 신경 끄면 되잖아. 어떻게 신경을 끄냐, 그럼 니들도 맘대로 입고 다녀, 꽁꽁 감추고 다니니까 남들 짧은 치마와 민소매에 흥분하는 거야, 말이 되냐, 왜 말이 안

196

돼, 근데 소문이 정말 무섭긴 하다, 그러게 이 학생 정말 용기가 대단하다.

나는 아무 말도 하지 않았다. 내 말을 종이에 옮기기 전까지 무섭고 힘들었다. 그러나 이렇게 공개하고 나니 마음이 한결 가벼웠다. 아직 추위는 가시지 않았다. 더위를 느끼지 못하고 땀을 흘리지 않는 건 똑같았다. 그래도 내가 들었던 그 소리는 기억한다. 툭, 매듭이 끊어지는 소리가 들렸으니 조만간 모든 얼음 붕대가 풀릴 것이다. 그래도 아직 살 만하구나, 모두들 관심 없는 듯 다른 사람 고통 따위는 쳐다보지 않는 듯 공부만 하는 것 같더니 여기도 사람 사는 곳이구나, 기억해야지, 내 스위치는 내가 켤 수 있다는 사실을 잊지 말아야지.

수겸과 다른 친구들이 나쁜 의도로 소문을 퍼뜨리진 않았을 것이다. 공부할 양이 점점 쌓여 스트레스를 그런 식으로 풀었을 수 있다. 하지만 이 종이를 읽고 자기에게 벌어질 수도 있는 일을, 엄청난 일을 누군가 겪었다는 걸 잊지 말았으면 좋겠다. 앞으로는 그런 일이 벌어지지 않았으면 좋겠다. 내가 그 소문을 낸 걸 모를 거야, 재밌는 일이잖아, 이런 흥미진진한 일들은 모두 알아야 해, 조금 양념을 치면 더 재밌지 않을까, 오호 반응이 괜찮은걸, 뭐야, 이번엔 또 다른 버전이네, 처음이랑 많이 달라졌잖아, 어라, 이건 무슨 이야기야, 처음 내가 한 이야기랑 완전 딴판이야, 알 게 뭐야, 내 일도 아닌데. 한 번쯤 생각해 봤으면 좋겠다. 소문을 퍼뜨리는 일을 하는 사람이나 그 소문을 넘겨받는 사람들이, 그 소문으로 상처받는 사람들을 떠올렸으면 좋겠다.

기말고사 막바지에 이르자 곳곳에서 탄식이 터져 나왔다. 조금만 더 시간이 있었더라면 더 잘할 수 있었다는 푸념부터 아는 문제를 틀렸다고 훌쩍거리는 한탄과 어쩌면 용돈을 깎일 수 있다는 불안이 한꺼번에 쏟아졌다. 그런 불안을 달래기 위해 점심시간에 휴대폰은 쉴 새가 없었다. 특히 남자 친구가 있는 여학생들은 더했다. 가영이 밥 한 술에 문자 하나를 보내는 걸 지켜보는데 수겸이 내 휴대폰을 가리켰다.

"넌 안 해?"

"뭘?"

"너도 요리하는 남친 있잖아. 한번 보내 봐. 그 애가 진심인지 아닌지 알아보게."

"됐어. 사람 마음 갖고 장난치고 싶지 않아."

"이봐, 정선혜. 걔는 장난 아닌 것 같아. 너도 조금은 좋아하잖아. 근데 뭘 망설여? 피 끓는 청춘에 꽃다운 나이잖아. 연애는 죄가 아니야."

가영이 "그럼." 하고 맞장구를 쳤다. 창식은 내 친구였다. 편하고 좋은 친구였다. 손이 닿아도 굳어 버리지 않는, 유일한 남자였다. 그때, 창식에게 물어보고 싶은 말이 생각났다. 나를 버티게 했던 그 말, 두려워하지 말라는 그 말, 왜 내게 했을까.

'난 내일 기말 마지막이야. 너는?'

바로 답장이 왔다.

'나도 내일 끝나. 내일 뭐 해?'

옆에서 지켜보던 가영이 꺅 소리를 질렀다.

"만나자고 해. 얼른."

"야, 여기까지 오는 데 한 시간이야."

"으이그, 이 맹추, 시간이 중요해? 문자 백 번보다 한 번 만나는 게 더 좋다니까. 안 그래?"

가영이 손바닥을 짝 쳤다. 지애는 볼우물이 깊게 패도록 웃었다. 나는 담임에게 그 사실을 털어놓을 때 내 손을 꼭 잡아 준 지애를 떠올렸다. 내 글씨를 알아볼까 봐 대신 매직을 잡은 민석도 있다. 그 두 사람이 정말 좋아하는 게 눈에 보였다. 보기 좋았다.

가영이 재촉했다. 만나자는 문자를 얼른 넣어 보라고 했다.

'올래?'

갑자기 가슴이 두근거렸다.

'기다려.'

가영이 꺅 소리를 지르며 어쩜 멋져, 둘이 잘됐으면 좋겠다, 잘해 봐, 난리법석을 떨었다. 수겸은 자기가 그 답장을 받은 사람처

199

럼 가슴에 손을 얹고 의자에 기댔다.

"누군 좋겠다. 나도 얼른 모태솔로 벗어나야지. 이 암담한 고딩 생활에 진정한 활력소가 되어 줄 남친이 빨리 생겼으면 좋겠다. 내가 남친 생기면 제일 먼저 뭐가 하고 싶게?"

우리 셋이 수겸이 쪽으로 고개를 돌렸다.

"왜 이제 나타났냐고 등짝을 후려갈길 거야."

수겸에게 고백할 남자라면 각오해야 할 것이다. 수겸은 소문을 잘 전달할 뿐만 아니라 손맛도 맵다. 걔한테 등짝을 맞으면 며칠 얼얼하고 통증을 느낄 것이다. 요즘도 수겸은 소문을 전달한다. 그러나 살을 붙이거나 부풀려서 왜곡하진 않는다. 앞으로도 쭉, 그랬으면 좋겠다.

창식을 만나면 무슨 이야기를 할지 모르겠다. 나는 창식을 남자 친구라고 생각하진 않았지만, 그 녀석이 한 말 덕분에 견뎌 내고 버텨 왔다. 창식에게 묻고 싶었다. 내가 왜 좋으냐고, 내가 어떤 사람인지 아느냐고, 나는 이제 남자를 좋아할 용기가 안 난다고, 그 말들을 하고 싶었다. 사람이 사람을 좋아하는 데 생각보다 많은 것들이 필요했다. 적어도 내 경우는 그랬다.

녹아내린 얼음 붕대

기말고사가 끝났다.

"흑, 다 맞힐 수 있었는데."

가영이 겨우 하나 틀린 영어 시험지를 붙잡고 안타까워했다. 일곱 개를 틀린 나는 그냥 조금 속상할 뿐인데 가영은 세상이 다 끝난 사람처럼 울상을 지었다. 누군가 툭 하고 건드리면 눈물을 주르륵 쏟아 낼 것 같은 표정으로 틀린 문제를 노려보았다.

수겸은 가영이 헷갈리는 문제를 맞혔다는 걸 알고 손뼉을 쳤다.

"앗싸, 오늘 완전 재수 좋은데? 헷갈려서 찍었는데 맞았어! 나 오늘 소개팅 하는데 잘 풀릴 것 같아. 유후!"

가영이 귀찮다는 듯 고개를 끄덕였다. 태준이 다가와 이따 도서관에 같이 가자고 하자 가영은 환하게 웃었다. 수겸이 참견했다.

"야, 좀 심하다. 오늘 시험 끝났는데 도서관을 또 가?"

"영상자료실에서 영화 볼 거야. 암튼, 남 연애사는 신경 끄셔. 그리고 네 시험지 가져가."

지애는 고시텔에서 밀린 잠을 자야겠다며 잘들 놀다 오라고 했다. 창식이 이 동네로 오려면 아직 시간이 남았다. 남는 시간 동안 할 일이 딱히 없었다. 학교와 교실은 친구들이 시험 때 내쏟았던 스트레스로 가득 차 건드리면 뻥 터질 것 같았다. 지애와 함께 고시텔로 돌아왔다.

활짝 열린 옆방에서 언니와 총무가 나란히 서 있었다.

"선혜야, 이리 들어와."

언니가 손짓했다. 책상에 작은 고구마 케이크가 놓여 있었다.

"현이 취직했어. 기념 파티 할 거야."

총무가 씩 웃으며 케이크를 가리켰다. 그러자 언니가 투덜거렸다.

"좀 큰 걸로 사지, 이게 뭐야."

"언제는 돈 헤프게 쓰지 말라더니 어느 장단에 춤을 추라는 거야? 달걀 안 들어간 케이크 찾느라 얼마나 힘들었는데!"

"아유, 그러셨어요? 우리 승찬이 수고했어요."

현이 언니가 총무 어깨를 툭 쳤다. 총무도 언니 어깨를 쳤다. 나

202

와 지애는 그 광경을 지켜보다 살그머니 방을 빠져나가려 했다.

"어딜 가, 축하 파티 같이 안 해?"

나는 한숨을 쉬었다.

"둘이서 하세요."

지애가 거들었다.

"사랑싸움은 둘이 하시고요. 우리는 피곤해서 이만."

조용히 문을 닫았다.

그리고 정문 앞에서 창식을 만났다. 그새 창식이 얼굴에 여드름이 더 많이 났다. 이마에 난 붉은 여드름 한 개는 손으로 건드리면 톡 터질 것처럼 컸다. 나는 좀 걷자고 했다. 싱숭생숭한 마음을 달래고 싶었다.

"시험 잘 봤어?"

"아니, 영어 청해는 말아먹었어."

"청해가 뭐야?"

"어, 듣고 해석하는 거?"

"아, 그렇구나. 나는 조리 실습 망쳤어. 과정 하나를 빼먹었거든."

나는 걸음을 멈추었다.

"네가 과정을 빼먹었다고? 설마."

"그럼 네가 영어를 잘 못 알아들었다고? 그거야말로 헐이다. 학원에서 네 영어 리스닝 점수가 제일 높았잖아."

"내가?"

"벌써 까먹었냐?"

창식이 주먹으로 내 머리를 쥐어박는 시늉을 했다. 나는 창식이 주먹을 피하며 눈을 부라렸다.

"이게, 얻다 대고 주먹질이야!"

창식은 자기 팔로 팔짱을 끼고 나를 아래위로 훑어보았다.

"어째 좀 변한 것 같다. 예전에는 아무 소리도 못 하더니 이젠 찍소리도 내고. 하기야 변했으니 엄마한테 대들었겠지."

엄마, 몸살이 나서 앓아누운 엄마에게 유리를 깨며 발악한 게 마지막이었다. 그러고는 엄마에게 전화를 걸지 않았다. 엄마도 통 연락하지 않았다. 가끔 통화하는 아빠는 뭔가 할 말이 있는 듯했지만 머뭇거렸다. 그래서 늘 통화 내용은 비슷했다. 공부 잘 하냐, 힘든 건 없느냐, 집엔 언제 오냐, 이 세 가지가 다였다. 엄마도 힘들었을까, 그래서 자꾸 그 말을 했던 걸까, 아무 일도 없었다, 아무 일도 없었듯이 잘 살아야 한다, 이런 뜻이었을까.

어느새 극장이 있는 거리에 다다랐다.

창식이 길거리 분식점을 기웃거렸다. 꼬치에 배배 꼬아 놓은 어묵을 보며 이렇게 두면 국물에 오래 담겨도 불지 않겠다고 신기해했고, 쌀떡볶이 양념이 특이하다고 호들갑을 떨었다. 창식이 얼굴이 환하게 빛났다. 전혀 다른 사람 같았다.

"진짜 음식을 좋아하네. 나는 그냥 대충 다니는 줄 알았더니."

"대충이라니. 내가 얼마나 싸워서 얻어 낸 건데. 너도 울 엄마 알잖아."

"알지."

창식이 요리고등학교를 간다고 할 때, 창식이 엄마는 머리를 싸매고 드러누웠다. 너를 거기 보내려고 내가 그렇게 애쓴 줄 아니, 지금까지 들어간 학원비며 과외비가 얼만데, 기껏 요리사가 되겠다니 이 무슨 날벼락이냐, 길 가는 사람들한테 물어봐라, 네 말이 맞는지 틀린지. 창식이는, 하고 싶어요, 공부도 하고 요리도 하고, 꼭 요리사만 되는 건 아니래요, 졸업생 중에 변호사가 있는데 조리인들을 위한 법률 자문도 하고요, 요리 컨설팅을 하는 선배도 있대요, 엄마 아들이 선택한 거예요, 믿어 주세요, 사흘 동안 싸우고 버틴 끝에 결국 지원 원서를 냈다.

"독일제 칼은 샀어?"

"그럼. 입학 기념으로 내가 나한테 선물했지."

"근데 너, 왜 나한테 그런 말을 했어? 두려워하면 안 된다, 뭐 이렇게 말했잖아."

창식이 어묵 꼬치를 건넸다.

"너랑 나랑 비슷해서 그랬을 거야. 모든 게 두려워서 못 하고 주저했는데, 처음 내 주장을 한 게 진학이었거든. 너도 혹시 그럴 때가 되면 두려워하지 말라고. 그러면 뭐든 할 수 있을 거라고 내 스스로에게 주문을 건 셈이지."

창식이 어묵 국물을 컵에 담아 한 모금 마셨다. 국물 한 모금을 오랫동안 입안에서 굴리며 맛을 음미하더니, 국물 맛을 어떻게 내는지 알아냈다는 듯 재료 하나씩을 중얼거리며 읊었다. 무, 파, 마늘, 후추, 멸치, 게, 고추, 다시마. 한 모금으로 그 많은 걸 어떻게 찾아내는지 신기했다.

"여, 아가씨 예쁜데. 정말 보기 좋아!"

어묵 꼬치를 입에 문 채 얼음처럼 굳었다. 저 목소리, 낯익은 저 목소리. 나는 천천히 고개를 돌렸다. 지나가는 남자들이 모두 그 사내 같고 누가 그 말을 했는지 찾을 수 없었다. 그래, 나는 아직 그 사람이 누군지 몰라, 경찰도 그 정도 단서로는 못 찾는다고 했어, "여, 꽃다운 나이야." 그 목소리다. 어묵 꼬치를 떨어뜨렸다. 아직 끝나지 않았구나, 아직 나는 벗어나지 못했어, 추위도 어둠도 아직 나한테 남아 있구나, 도대체 어디로 숨었지? 찾아야 하는데, 정말 꼭 찾아야 하는데, 그때 왜 그랬냐고 물어야 하는데, 너 때문에 내가 어떤 고통을 안고 사는지 알려야 하는데, 내가 맞은 만큼 패 줘야 하는데, 꽁꽁 얼려야 하는데, 무섭다, 그 사람이 돌아다녀, 다 똑같아 보여, 불공평해.

창식이 대뜸 종이컵에 국물을 한 국자 담아 내밀었다.

"마셔."

"어?"

"추울 땐 이게 최고야."

"날도 더운데 무슨……."

"덜덜 떨잖아. 어서 마셔."

종이컵을 건네는 창식이 손과 내 손이 살짝 스쳤다. 그 순간 희한하게도 손끝을 감싸고 있던 얼음 붕대가 살짝 녹아내렸다. 부드럽고 따뜻했다.

우리는 광장 한쪽에 앉아 지나다니는 사람들을 구경했다. 시험이 끝난 고등학생들이 쏟아져 나온 터라 아는 얼굴들이 심심찮게 보였다. 수겸이 낯선 남학생과 같이 지나가다 나를 알아보고 손을 흔들었다. 나도 손을 흔들었다.

"시험 끝난 축하 선물이야."

창식이 가방에서 작은 상자를 꺼냈다. 포장이 되지 않은 그 상자는 내가 잘 아는 물건이었다.

"이걸 왜?"

"너 스타킹 좋아하잖아. 네가 제일 좋아하는 걸 주고 싶었는데, 이것밖에 생각이 안 나더라."

얇은 종이 상자에 선혜슈퍼에서 쓰는 가격표가 붙어 있었다. 나는 자리에서 벌떡 일어났다. 당황한 창식이 같이 일어났다.

"나 좀 바래다줘."

"벌써?"

"할 말이 있어."

버스를 타고 돌아오는 내내 나는 아무 말도 하지 않았다. 나도 창식이 싫지 않았다. 그러나 창식과 사귀기 전에 먼저 해야 할 일이 있었다. 언젠가 또 길에서 그 사내와 같은 목소리, 같은 체구를 가진 남자를 만날 수 있다. 아니, 어쩌면 창식이 그런 목소리와 체구로 자랄 수 있다. 그러나 더는 사람이, 남자가 무섭고 싫지 않았으면 했다. 그런 마음이 남아 있는 한 창식이 아니라 그 어떤 남자와 만난다 하더라도 나는 얼음 붕대에 갇혀 있을 것이다. 창식과 손이 닿았던 오른손은 온기가 돌았다. 아직 차가운 왼손과 확연히 달랐다. 나는 내 스스로 스위치를 켜고 싶다. 내가 겪은 일들을 듣고 창식이 나를 싫어하든 도망가든 상관하지 않겠다고 각오했다. 사람을 두려워하는 일, 그 일은 다시 겪고 싶지 않았다. 어떤 희생을 치르더라도 이 일은 극복하고 싶었다. 그러기 위해 꼭 가야 할 곳이 있었다.

교문 앞에 다다르자 나는 침을 꿀꺽 삼켰다. 그리고 맛나 떡볶이 앞으로 몸을 틀었다.

"어디로 가?"

"이리로 가는 길도 있어."

208

앞장서는 나를 창식이 따라왔다. 골목을 지나고 카페 앞에서 잠깐 멈춘 다음 나는 숨을 골랐다. 지금이라도 창식이 준 스타킹을 꺼내 덧신고 싶었다. 온몸이 바들바들 떨렸다. 창식이 어쩔 줄 몰라 하며 내 옆에 바짝 붙어 섰다.

"어디 아파?"

"괜찮아. 꼭 여기로 가야 해."

어두워지기 직전이었지만 그 골목 안은 캄캄한 어둠이었다. 나는 용기를 내어 골목으로 한 발 내딛었다. 그리고 가로등 앞에 왔을 때 다시 방향을 꺾어 빈터로 향했다. 담 앞에 마주 선 내 몸이 폭풍 때 흔들리던 가로수처럼 휘청거렸다.

"진짜 괜찮아?"

마른침을 꿀꺽 삼켰다.

"내가 하는 말을 일단 들어줘."

그리고 쉬지 않고 말했다. 그날 나한테 일어났던 일, 병원, 엄마, 소문, 온몸이 꽁꽁 얼어붙는 지독한 고통까지 털어놓았다.

"그래서…… 나는 추웠어. 계속 추웠어. 그런데 말이야, 그때 네 생각이 났어. 두려워하면 안 돼, 네가 그랬잖아. 그래서…… 그래서…… 그 말만 기억했는데, 그런데……."

떨림이 더 심해졌다. 다 말하고 싶었다. 네 손이 닿는 순간 오른손에서 냉기가 풀렸어, 나는 남자를 믿을 수 없었는데 너는 믿을 수 있을 것 같았어, 엄마랑 싸운 뒤로 궁금했지만 모른 척했는데 네가 소식을 전해 줘서 고마웠어, 나도 제대로 살고 싶어, 하고 싶은 말들이 입 밖으로 나오지 못한 채 점점이 흩어져 마음속으로 가라앉았다.

창식이 사정없이 떨고 있는 내 어깨에 자기 손을 살짝 얹었다.

"너, 힘들었겠다."

그날 이후 내가 겪은 일들을 아는 사람들이 그랬다. 아무 일도 없었다고, 일찍 다니라고, 힘내라고, 잘 살라고, 미안하다고, 안 됐다고, 용감하다고 했다. 그러나 내가 정말 듣고 싶었던 말은 달랐다. 바로 이 말, 힘들었겠다며 내 마음을 들여다보는 이 말이 듣고 싶었다.

나는 창식에게 와락 안겼다. 그리고 참아 왔던 눈물을 펑펑 쏟아 냈다. 그때 아직 내 몸에 친친 감겨 있던 얼음 붕대가 스르르 녹아내렸다. 도저히 내가 내는 것 같지 않은, 마치 짐승처럼 울부짖는 내 울음소리가 빈터를 가득 채웠다.

갑자기 여름날 더위가 나를 확 덮쳤다.

에필로그

여름방학이 왔다.

방학 첫날, 창식은 나와 함께 동사무소로 가서 민원을 넣었다. 빈터 근처에 가로등을 세워 달라고, 그 길이 어두워 사고가 날 수 있다고, 좀 더 밝은 골목길을 걷고 싶다고 썼다. 나는 이런 기특한 생각을 어떻게 했냐고 했고, 창식은 이제 그 골목을 다녀도 어둡지 않았으면 좋겠다고 했다.

사흘 뒤, 지애와 떡볶이를 먹다가 텔레비전 뉴스에서 익숙한 목소리를 들었다.

모자를 푹 눌러쓰고 마스크를 낀 남자가 두 손을 앞으로 모으고 서 있고, 그 앞으로 기자들 여러 명이 몰려왔다.

"최강동 아동 성폭력 사건에 대한 죄를 인정하십니까?"

기자가 마이크를 들이대자 남자가 고개를 더 숙였다. 비슷한 질문이 여러 번 나온 뒤 남자가 한숨을 섞으며 대답했다.

"그런 적 없습니다. 사람 잘못 본 거예요."

나는 포크를 떨어뜨렸다.

한순간도 잊지 못한, 그 목소리였다.

"공범이 있나요?"

"여, 저는 갈 길 갔을 뿐입니다."

나는 자리에서 벌떡 일어났다.

"거짓말! 공범 있잖아!"

깜짝 놀란 지애가 내 손을 잡았다.

"왜 그래, 선혜야?"

"저 새끼야!"

나는 계속 떨었고, 지애가 어쩔 줄 몰라하며 나를 안았다.

"나 좀 도와줘, 지애야."

"그래, 뭐든 말해."

"가만히 안 둘 거야. 내가 저 인간들을, 저 파렴치한……."

"그러자."

"같이 갈 사람이 있어."

민석 선배나 창식이 아닌, 딱 한 사람이 그때 떠올랐다. 내가 어떤 상황에 있든 내 중심을 잡아 줄 사람. 나는 덜덜 떨리는 손으로 휴대폰을 눌렀다.

한 시간 뒤, 우리는 현이 언니와 함께 경찰서로 갔다.

"최강동 아동 성폭력 사건으로 잡힌 남자, 저도 알아요."

나는 벌벌 떨면서 그때 일을 어렵게 다시 이야기했다. 다행히 나를 병원에서 만났던 경찰이 그 자리로 와서 함께 이야기를 들었다.

"공범도 있다고 했지?"

"예."

곱씹고 또 곱씹었던 그날 기억은 오롯이 다시 살아나 내 입을 통해 밖으로 나왔다.

현이 언니는 그동안 내가 얼마나 힘들었는지 털어놓으면서 꼭 처벌해야 한다고 주장했다. 나는 주먹을 꼭 쥐고 또박또박 말했다.

"처벌받겠죠?"

"당연하지."

경찰이 고개를 끄덕였다.

"그 사람들이 햇빛을 못 봤으면 좋겠어요. 내가 얼음 붕대 스타킹에 친친 감겼던 것처럼 고통받길 바라요. 세상 모든 사람을 다 용서한대도, 그들은 안 돼요. 나는 그러고 싶지 않아요."

다시 그런 고통을 받긴 싫다. 나 아닌 다른 사람도 마찬가지다.

차가운 얼음에 온몸이 잠식당하긴 싫다. 나는 나를 사람으로 대하는 사람과 어울려 살고 싶다.

경찰서를 나오면서 현이 언니가 내 어깨를 툭 쳤다.

"넌 진짜 용감하다니까!"

"맞아, 진짜야!"

지애도 말을 보탰다.

나는 크게 고개를 끄덕였다. 이제 정말 끝났구나, 다행이다. 나도, 너도, 우리도, 안전하다.

그리고 몇 달 만에 생리를 시작했다. 마치 첫 생리 때처럼 가슴이 설레었다. 그전까지 귀찮고 짜증나던 생리였는데, 이제 내 몸 구석구석에 따뜻한 피가 돌고 있다는 증거처럼 보였다. 그날, 나는 저녁 내내 창식과 카톡을 주고받았다. 그러다 동네 공원에서 만나 창식을 붙잡고 울었다. 창식은 왜 우냐고 묻는 대신 나를 껴안고 토닥거렸는데, 실컷 울고 난 나는 창식이 입에 내 입을 갖다댔다. 첫키스는 영화처럼 달콤하거나 종이 울리거나 황홀하진 않았다. 따뜻하고 기분 좋은 마찰에 불과했지만, 그걸로 충분했다.

나는 나 자신을 사랑하는 삶을 살기로 했다. 엄마가 내 성적표를 보며 "문디 가스나, 이기 뭐꼬?" 해도 나는 굴하지 않았다. 앞으로 내가 어떤 삶을 살든 얼음 붕대로 감겼던 때보다 더 행복하게 살 자신이 있다.

수선화는 얼음이 녹고 봄이 올 때까지 알뿌리 속에서 때를 기다린다. 숨죽여 기다리는 게 아니라 치열하고 가열차게, 얼어 죽지 않기 위해 모든 에너지를 쏟아붓는다. 열일곱, 아직 내가 살아야 할 날들이 살아온 날보다 많다.

나는 창식과 집 근처 도서관에서 자주 만났는데, 내가 영어와 일어 단어를 공부하는 동안 창식은 요리 책들을 뒤적였다. 그리고 같이 매점에서 바나나 우유를 마셨다.

"내가 왜 수선화를 좋아하는지 알아?"

"노란색이어서?"

"아니. 알뿌리 속에서 때를 기다리거든. 때가 될 때까지 옮겨 다닐 수 있잖아. 그래서 더 좋아."

"너, 나 말고 다른 애가 맘에 들어? 그래?"

"야, 동창식! 나는 네 소유물이 아니야. 하지만 내가 다른 사람을 좋아하게 된다면 그땐 먼저 말할게. 너도 마찬가지야."

"얘 봐라, 진짜 다른 사람이 좋다고?"

"그건 모를 일이지. 너도 나한테 매달리지 말고 다른 사람도 만나. 방학 때 나 말고 만날 사람이 없어?"

"누구야, 대, 대!"

"아, 덥다. 여름은 언제 가려나."

유치한 대화를 나누면서 내내 마음이 설레었다. 나는 아직 엄마와 데면데면하지만 그래도 엄마는 엄마 방식대로 사는 삶이 있고,

나는 나대로 사는 삶이 있다는 걸 안다. 그러니 나는 내 삶을 위해 하루하루 노력할 것이다. 후회 없이 살고 싶다.

"너랑 같이 있어서 좋아."

"그치, 좋지?"

창식이가 바나나 우유를 쭉 빨아 마셨다. 나도 쪽 소리가 날 정도로 병을 비웠다. 햇볕이 따가웠고 땀이 줄줄 흘렀다. 나는 그 땀까지 좋았다. 이제 더위를 느낄 수 있다는 게 믿기지 않았다.

"날씨 따뜻하고 참 좋다!"

"더워. 얼른 열람실로 들어가자."

"어? 싫어. 난 좀 더 있을래."

햇볕이 뜨거웠다. 나는 두 팔을 벌려 그 더위를 꽉 껴안았다.

작가의 말

오래전, 선혜를 처음 만났다. 그날을 겪은 선혜는 용감했지만 무서워했고 그 기억을 쉽사리 지우지 못했다. 모순된 이야기 같지만, 선혜는 그 뒤로 계속 남자들을 사귀면서 물었다. 너 같으면 어떻게 했을 것 같으냐, 내가 그런 일을 겪었다. 눈을 동그랗게 뜨고 물어보는 선혜에게 남자들은 대답했다. 그런 이야기를 뭣 때문에 하느냐, 정말 아무 일도 없었던 거냐, 아무렇지도 않게 말이다. 선혜는 또 상처를 받았지만 질문을 멈추지 않았다.

선혜가 왜 그랬을까, 그냥 입을 닫고 있었더라면 아무도 몰랐을 일을 뭐하러 집요하게 물어보았을까, 선혜를 좋아한다고 했던 남자들이 그 사연을 들으면 별의별 상상을 다 한다는 사실을 과연 몰

218

랐을까, 궁금했다.

그러다 우연히 또 다른 선혜를 만났다. 남들이 보기에 남자를 스스럼없이 대하던 그녀는 성추행을 당한 기억 때문에 늘 확인하려고 했다. 내가 남자를 볼 때 느끼는 감정이 내 고유한 감정일까, 그날 그 기억 때문에 새롭게 생긴 것일까. 그래서 그녀는 아들을 낳았을 때 펑펑 울었다. 아들이 자신이 당한 고통을 어린 여자아이에게 할 수도 있겠다 싶었고, 핏덩이에게 그런 마음을 품은 자신이 불손해 미웠다고 했다.

마지막으로 만난 선혜는 초등학교도 들어가기 전, 알고 지내던 어른이 자신을 종종 성추행했는데 그때는 그게 뭔지 몰랐다. 한참 지난 뒤에 자신이 자위행위를 하는 행동이 그 아저씨가 한 행위와 연결된다는 사실을 알아차렸다고 했다. 그녀도 그 이야기를 털어놓으며 아득한 눈빛을 지었다.

흔히들 성추행은 성폭행과 달라서 별일 아닐 거라고 생각한다. 그러나 이 역시 범죄 행위이다. 별일 아닐 거라는 행동 하나가 선혜에게 얼마나 큰 상처를 주었는지 살폈으면 한다.

누구에게나 상처는 있다. 그리고 온갖 소문으로 상처를 들쑤시고 재밋거리로 삼는 일이 자주 벌어진다. 자신이 겪지 않은 일이고 출처를 알 수 없는 점을 이용해 SNS에서 생성되는 독설들을 만들었던 사람들도 선혜를 떠올렸으면 좋겠다. 장난처럼 던진 말들이 자기 생명력을 갖고 걷잡을 수 없게 커지면, 원래 그 말을 했던 사람들도 못 알아보게 쑥쑥 자란다. 그 말들이 모두 날카로운 얼음 화살이 될 수 있다.

그 상처를 치유하는 데 가장 큰 힘은 옆에서 지켜보는 사람들이다. 누군가 울고 있을 때, 누군가 추위를 탈 때, 누군가 짐승처럼 포효할 때, 괜찮다고 손을 잡아 주는 사람들이 많기를 바란다.

이 글은 연희문학창작촌에서 썼다. 끝까지 해 보라며 힘을 불어넣어 준 이명랑, 방현희, 반쪽이에게 감사드린다. 수정할 때 기꺼이 작업실을 빌려 준 오시은과 달궁재 주인 덕분에 마무리를 지었다. 언제나 나를 응원하는 가족에게 특별한 사랑을 보낸다. 남편과 두 아이가 참고 지켜본 시간이 이 글에 녹아 있다. 아르코문학창작기금을 받았다며 전화를 드리자 축하한다는 말을 남기고 소천하신 아버지, 고 김태환 님께 출간 소식을 전해 드린다.

그리고 선혜처럼 수학여행을 가다 영원히 돌아오지 못한, 세월호 참사로 희생된 아이들과 그 배에 함께 타고 있던 희생자들, 생존자와 가족들에게 이 글을 바친다.

2014년 슬픈 봄날을 보내며
김하은

작가가 하고 싶은 말

바람의아이들에서 창사 20주년 기념으로 『얼음 붕대 스타킹』 개정판을 내자고 했다. 그 연락을 받고 가슴이 쿵쿵 뛰었다. 오래전부터 마음에 품은 이야기를 세상 밖으로 꺼냈을 때처럼, 아니 그보다 더 행복하게 심장 박동이 쿵쾅거렸다.

처음 이 이야기를 출간했을 때는 성폭력에 대한 사회적 공감이 강하지 않았다. 그러다 미투 운동이 파도처럼 일어났을 때, 이 작품을 새롭게 들여다보았다. 글을 쓰는 당시에는 이 이야기를 밖으로 끄집어내는 게 목표였다. 나도 선혜였기 때문에 오랜 시간 안고 살아온 고통을 드러내기 무서웠다. 한 문장씩 쌓아 가는 동안 그 당시를 떠올렸고, 참고 또 참았던 아픔이 나를 짓눌렀다. 이를 악물고 쓰느라 잇몸이 망가졌으며 얼굴빛은 나날이 어두워졌다.

오래전 처음 만난 선혜가 바로 나였고, 그 뒤로 내내 힘들었다. 연애든 아니든, 만나는 남자마다 색안경을 끼고 바라볼 수밖에 없었다. 지금은 조금 나아졌지만 여전히 그날을 떠올리면 몸이 쑤시고 아프다.

개정판을 내면서 크게 두 부분을 수정했다. 첫 번째로 사법고시가 폐지된 것을 반영했고, 두 번째는 가해자에 대한 처리 방식이다. 처음 이 글을 쓸 때, 가해자는 익명으로 서술했다. 제대로 처벌받지 않거나 잡히지 않은 가해자는 언제든 우리의 안전을 위협하는 존재가 될 수 있음을 나타내고자 했다. 그러나 찜찜함은 여전히 남아 있었다. 과연 선혜가 진짜 원하는 것이 무엇일까? 스위치를 켜고 조금 따뜻해졌다 하더라도 그것으로 온전하게 치유받을까? 이 부분을 해결하고 싶었다.

개정판에서는 가해자를 처벌할 대상으로 수정했다. 독자의 요구이면서, 선혜도 가해자가 제대로 처벌받기를 원하리라 판단했다. 더불어 2차 가해나 방관도 멈추길 간절히 바라는 마음을 담았다. 잘못한 사람은 벌 받고, 피해자는 몸과 마음을 잘 회복하는 과정이 당연한 사회이길 바란다. 그래야 우리도 조금 따뜻해질 테니까.

개정판을 내면서 이 글을 처음 썼던 마음과 달라진 내 마음을 보탰다. 비틀거리며 힘들어할 때마다 괜찮다, 할 수 있다, 네 편이다,

숱한 응원을 받았던 시간들도 이 글과 함께했다. 그리고 언제나 나를 응원하는 가족에게 특별한 사랑을 보낸다. 또한 개정판 수정 작업을 할 때 도움을 준 김아연, 김건우, 변하준, 장준혁, 정현주 님께 특별히 감사드린다.

개정판을 낼 수 있는 힘은 이 이야기를 사랑하는 독자들이 있기 때문이며, 성폭력 피해자에 대한 인식이 여전히 개선되지 않았기 때문일 것이다.

성폭력 생존자였던 내가, 선혜가 세상에 우뚝 선 과정을 들려드릴 수 있어서 기쁘다. 또 다른 선혜가 힘들어할 때 이 이야기가 도움이 되길 바란다.

처음에는 세월호 참사 희생자와 생존자, 가족들에게 이 글을 바쳤다. 그러나 다시 10.29 이태원 참사가 일어나 아직 우리는 안전하지 않은 곳에 살고 있음을 확인했다. 여전히 선혜는 안전하지 않다.

우리는 모두 안전하게 살 권리가 있다

2025년 봄, 여전히 안전하지 않은 나라에 사는 작가가